Georges Beaume

# Le Château vert

Roman

 Le code de la propriété intellectuelle du 1er juillet 1992 interdit en effet expressément la photocopie à usage collectif sans autorisation des ayants droit. Or, cette pratique s'est généralisée dans les établissements d'enseignement supérieur, provoquant une baisse brutale des achats de livres et de revues, au point que la possibilité même pour les auteurs de créer des œuvres nouvelles et de les faire éditer correctement est aujourd'hui menacée. En application de la loi du 11 mars 1957, il est interdit de reproduire intégralement ou partiellement le présent ouvrage, sur quelque support que ce soit, sans autorisation de l'Éditeur ou du Centre Français d'Exploitation du Droit de Copie , 20, rue Grands Augustins, 75006 Paris.

ISBN : 978-3-96787-954-4

10  9  8  7  6  5  4  3  2  1

Georges Beaume

# Le Château vert

Roman

## Table de Matières

| | |
|---|---|
| **CHAPITRE PREMIER** | 7 |
| **CHAPITRE II** | 15 |
| **CHAPITRE III** | 25 |
| **CHAPITRE IV** | 34 |
| **CHAPITRE V** | 35 |
| **CHAPITRE VI** | 41 |
| **CHAPITRE VII** | 49 |
| **CHAPITRE VIII** | 54 |
| **CHAPITRE IX** | 63 |
| **CHAPITRE X** | 70 |
| **CHAPITRE XI** | 79 |
| **CHAPITRE XII** | 84 |
| **CHAPITRE XIII** | 93 |
| **CHAPITRE XIV** | 98 |
| **CHAPITRE XV** | 107 |
| **CHAPITRE XVI** | 118 |
| **ÉPILOGUE** | 131 |

# CHAPITRE PREMIER

Un matin d'août, par le plus beau soleil, au grau d'Agde, Benoît Jalade se désolait une fois de plus, que, malgré la prospérité du *Château Vert*, l'hôtel qu'il avait hérité de ses parents, les recettes ne suffisaient point aux dépenses. Sa femme, Irène, le rassurait de son mieux, dans le petit bureau qu'un couloir séparait de la cuisine, et où, avec leur fille Thérèse, ils goûtaient la douce intimité familiale.

— Je n'y comprends rien, disait Benoît. Nous faisons beaucoup d'argent, et il y a des jours où j'ai de la peine à acquitter des notes de rien du tout.

— Nous avons tant de frais, mon ami ! Et puis les réparations, les agrandissements, le garage... Ça coûte, un garage.

— Puisque nous avons augmenté le prix de la pension, nous devrions avoir de l'argent de reste. Or j'ai été encore obligé d'emprunter au brave François Ravin, il y a un mois.

— Tout s'arrangera, pourvu que nous ayons toujours beaucoup de monde.

— Il faudra que je sache où file mon argent. Dès aujourd'hui, je tiendrai une comptabilité sévère.

— Quel casse-tête tu vas t'infliger !

Benoît était assis à sa petite table d'acajou, qui appuyait contre le mur ses deux menus compartiments de tiroirs, où s'entassaient pêle-mêle des factures, des quittances, des papiers à lettres. Benoît, les coudes sur la table, souffrait véritablement, lui si loyal, de voir sa dette monter chaque jour. Il finit pourtant par donner raison à sa femme. Il lui donnait toujours raison.

Il se leva d'un sursaut, et se plaçant tout contre Irène, il lui dit :

— J'ai le cafard, des fois, que veux-tu !

— Allons, avec tous nos éléments de fortune, tu ne devrais pas te désespérer.

Irène le saisit par les bras et tendrement le baisa au front. Ils étaient l'un et l'autre d'une taille au-dessus de la moyenne, le teint rose, les cheveux châtains, et de figure presque jolie. Irène, qui avait en ses yeux bleus, quand elle voulait, une douceur languissante, savait l'empire absolu qu'elle possédait sur son mari. Si elle lui recommandait d'avoir confiance en l'avenir, et à l'heure même où les menaçait quelque épreuve, elle ne mentait pas. Car, pareille à l'oiseau qui attend chaque jour du bon Dieu sa pâture, elle était douée de la plus rare insouciance. Benoît également voyait d'ordinaire la vie facile, dans cet hôtel où il avait vécu toujours heureux. Aussi, pour ne pas troubler la sérénité de leur existence, n'osait-il pas reprocher à Irène l'excès de ses dépenses en toilettes et en promenades.

Il se retirait de son étreinte, lorsque la porte de leur salle à manger s'ouvrit. Leur fille, Thérèse, apparut, une enfant gâtée, un peu gamine, qui se croyait belle, malgré son nez trop long et ses lèvres trop grosses. À vrai dire, le brillant velouté de ses yeux noirs, l'éclat bronzé de sa peau, prêtaient un certain charme à la fraîcheur de ses seize ans. Thérèse était pour ses parents le trésor de leur amour. Et elle abusait de leur complaisance en souveraine.

Coiffée d'un chapeau neuf qui ne laissait guère à découvert que l'extrémité de ses cheveux courts, une ombrelle à la main, elle s'avança vers son père en minaudant :

— Toi ! lui dit-il. Tu viens nous demander quelque chose.

— Oui. Je m'en vais à Agde.

— À Agde !… Et pourquoi ? Nous allons bientôt déjeuner.

— Jacques me conduira en auto chez les Ravin.

— Tu vas trop souvent chez nos amis, petite. Les gens finiront par s'étonner que nous te laissions aller si librement dans une maison où il y a un jeune homme à marier.

— Je me moque bien des gens ! Et puis, je suis chez les Ravin comme chez moi.

— Si tu veux me faire plaisir, tu renonceras désormais à ces visites imprévues. Les Ravin sont trop riches.

— Pas pour nous.

D'une brusque pirouette Thérèse s'éloigna, en marmonnant, de méchante humeur.

— Notre héritière n'est pas contente, plaisanta Benoît.

— Tu as été dur. Que les gens s'occupent de leurs affaires, non des nôtres. Tant que les Ravin ne se fâchent pas !

— Ils sont trop polis pour se fâcher. Et ils ne soupçonnent rien de

## CHAPITRE PREMIER

la liaison qui peut se tramer entre les deux enfants.

— Mais il n'y a rien !... Ah ! comme tu te montes la tête !...

Irène lança un regard de reproche à son mari. Celui-ci, faiblissant aussitôt, se gratta le nez et dit :

— Tu n'as peut-être pas tort. *Té !* Je m'en vais surveiller mes marmitons.

Tandis que Benoît passait dans la cuisine, Irène, nonchalante, le remplaça au petit bureau, afin d'établir quelques notes pour sa clientèle.

Le *Château Vert* était une volumineuse bâtisse, ici en bois, là en briques, construite par morceaux, au fur et à mesure que se développait la prospérité du grau d'Agde. Au rez-de-chaussée, la salle à manger, deux salons, un café, la cuisine et les différentes pièces d'un nombreux ménage. Sur l'un des côtés de ce bizarre caravansérail, au rez-de-chaussée, s'étalait une terrasse très gaie, encadrée, du moins à demi, de fines lamelles à jour où grimpaient les lianes d'une vigne vierge. Le bois des façades était peint en vert, ce qui, dans le grand paysage de lumière, de sables argentés et d'eaux, prêtait à l'énorme bâtisse une sorte de rusticité malicieuse. Un bosquet de vieux pins descendait vers la plage, qui depuis l'Hérault jusqu'aux laves du Cap allonge une lieue de sables. Aucun endroit du monde n'eût offert plus de magnificence aux Jalade. Non qu'ils en sentissent la beauté, le charme d'ingénuité primitive. Mais ils lui avaient confié leurs rêves de fortune.

Devant le château, que suivaient des auberges et d'humbles gîtes de baigneurs, l'Hérault, tel un fleuve majestueux, roulait ses ondes vertes, et là-bas, sur la rive opposée, s'étendait à perte de vue une lande à la brousse sauvage. À deux cents mètres du château, le fleuve s'abandonnait aux remous de la mer avide. Sur la plage campaient en grouillantes tribus, à l'abri de leurs voitures et de leurs charrettes, des paysans du littoral : campement d'ancien temps, auquel les Jalade ne s'intéressaient pas plus qu'ils n'étaient tentés d'aller en promenade jusqu'au phare qui, tout à la pointe de la jetée élève sa tour blanche et sa lanterne de verre, dont la clarté dès le crépuscule s'élance vers le large et le promontoire de Cette, très loin.

Benoît, quand il eut fait un tour à la cuisine, s'esquiva par le jardin potager vers le garage. Tout à coup, une auto, la sienne, tourna devant lui, dans la direction d'Agde. Il appela :

— Jacques, arrête !... Arrête !...

Jacques, son chauffeur, n'entendit rien. Thérèse feignit de ne rien entendre, et même elle se mit à rire. L'auto filait comme une folle, le long de l'Hérault. Cinq kilomètres, jusqu'à Agde, illustre cité de jadis, qui, bâtie avec des laves de son volcan, semblait brûlée par un incendie. Ses rues tortueuses sentaient la marée, le cuir et le goudron, aussi la cuve en fermentation par ces temps de vendanges. Car la plaine de sable, qui va de la ville au grau était depuis vingt ans transformée en royaume des vignes.

L'auto longea les quais, jusqu'au delà du pont suspendu puis, contournant le moulin royal dont la digue brise le cours du fleuve, elle monta vers la promenade aux radieux platanes, et à la lisière de la ville, dans un quartier de jardins, elle s'arrêta devant la grille d'une maison presque neuve un castel bourgeois qu'égayait un parc. Thérèse mit allègrement pied à terre et, négligeant de sonner à la grille, elle pénétra au pas de course chez les Ravin.

Dans l'ample vestibule, qui était dallé de marbre gris, M$^{me}$ Ravin, la corpulente et généreuse Eugénie, accueillit l'enfant avec des transports de joie.

— Que tu as bien fait de venir !

— Papa ne voulait pas. Il a peur que je sois indiscrète.

— Toi !... Depuis quand ?

Thérèse déposa son chapeau et son ombrelle dans le boudoir, où Eugénie l'avait accompagnée.

— Et Philippe ? demanda-t-elle.

— Il travaille au bureau. Mais il ne tardera pas à rentrer avec son père.

Un peu après midi, les deux hommes rentrèrent, en effet, toujours contents. M. Ravin, François, ainsi que l'appelait familièrement Thérèse même, était plutôt petit, assez laid, les yeux illuminés d'intelligence et de bienveillance dans un visage anguleux.

— Ô petite ! s'écria-t-il. Quelle surprise ! Tu déjeunes avec nous ?

— Naturellement.

— Et ton père ? Et ta mère ? Je veux toujours aller les voir. Toujours quelque occupation m'en empêche. Ah ! ce n'est pas une sinécure que le métier de négociant en vins.

Thérèse ne l'écoutait plus. Elle s'était tournée vers Philippe, beau garçon, grand, très brun, qui dans son calme, sa froideur au moins apparente, se divertissait de la voir si vive, si ardente. D'un élan elle lui sauta au cou.

— Tu ne me grondes pas, toi non plus, Philippe, pour m'être invitée ?

— Je t'en félicite, au contraire.

— Tu sais, moi, tout ce va-et-vient de l'hôtel m'ennuie, et la pose de tant de gens qu'on ne connaît pas. Ça me repose d'être ici.

— Tu as raison, va.

Philippe chérissait beaucoup Thérèse. Mais de dix ans plus âgé, il l'avait connue toute petite, alors qu'il faisait parfois des rêves d'amourette. Elle n'était encore pour lui qu'une enfant, une grande poupée, amusante, affectueuse. Il ne lui venait point à l'idée qu'elle pouvait un jour devenir sa femme.

Eugénie sortit de la cuisine, en frappant dans ses mains :

— À table ! mes amis !

Thérèse, incontinent, prit le bras de Philippe. À table, elle se plaça auprès de lui, comme d'habitude. Tout le long du repas, c'est elle qui, de sa verve enjouée, entretint la conversation, vantant la prospérité du *Château Vert*, remerciant des yeux Philippe de se montrer si coquet, certainement pour lui plaire. François, devenu sérieux, avait échangé avec sa femme un regard d'étonnement. N'avait-il pas, deux mois auparavant, prêté encore à son ami Benoît Jalade une assez forte somme ?

— Le *Château Vert* fait donc de l'argent ? demanda-t-il à Thérèse.

— Certes !... On refuse du monde.

— Tant mieux !

À la fin du repas, glorieuse de se sentir chez elle, Thérèse se leva prestement et servit le café, qu'on prenait à table. La porte-fenêtre restait ouverte sur le parc, et protégée des feux du soleil par un store blanc à bandes jaunes. Dans ce castel, au bord de la ville, on respirait avec délices le parfum des choses toutes neuves, d'une sobre élégance.

Philippe, quand il eut savouré sa tasse de café, descendit au parc lentement, sans dire un mot, par le perron de cinq marches. Thérèse, fâchée d'une pareille indifférence, baissa le front.

— Va le rejoindre, parbleu ! plaisanta François.

— Il est drôle, balbutia-t-elle. À quoi pense-t-il donc ?

— Je ne sais, petite. À moins qu'il ne pense à rien : ce qui est probable.

Thérèse, d'un bond de chatte, s'échappa dans le parc, à la recherche de Philippe. D'abord, elle ne l'aperçut point, sous la voûte des épais feuillages. C'est qu'ayant parcouru, pourtant sans hâte, une allée sinueuse, il sortait maintenant d'une touffe de roseaux, pour se promener sur le talus de bordure qui dominait un vaste domaine, éclatant de plantations diverses et occupé par trois serres.

Depuis deux mois, le fameux maraîcher d'Adge, Isidore Barrière, avait acheté, en mitoyenneté de l'habitation des Ravin, cette importante propriété, où il réalisait enfin le rêve de sa vie, qui était de dépenser son art très personnel de pépiniériste et d'horticulteur. Aussi pratique qu'imaginatif, Barrière avait pendant trente ans de labeur amassé une fortune de deux cent mille francs, que dans son paradis rayonnant de plantes et de fleurs comme le ciel d'étoiles, il se flattait d'augmenter sans trop d'efforts. Pour qui nourrissait-t-il l'ambition d'une fortune enviée ? Non pour lui, qui ne connaissait aucun plaisir hors de son domaine, mais pour son enfant unique, sa Mariette qu'il espérait bien marier avec un monsieur de la bonne société, à Béziers ou à Montpellier.

Le premier jour où, parmi les richesses de son jardin, Mariette, souriante et belle, brune fille du pays de la vigne et de l'olivier, lui apparut soudain, Philippe sentit son cœur, d'ordinaire, aussi calme que l'eau qui dort, s'éveiller dans une pensée de lumière et d'amour. Il l'admira longtemps, avec une sorte d'enthousiasme, comme s'il eût découvert la beauté pour la première fois. Dès qu'il pressentit qu'elle allait se trouver de son côté, il se rejeta violemment au sein des roseaux, par pudeur. Peu à peu, les jours suivants, il eut plus de courage, il soutint le regard de la jeune fille une seconde. Puis il la salua de la main, et gentiment, et par politesse de voisinage, elle lui rendit son salut.

Hier, il avait osé lui adresser quelques mots.

— M. Barrière a tous les talents, mademoiselle.

— Oh ! monsieur, des talents d'horticulteur !

— Vous devez vous plaire mieux ici que dans votre jardin maraîcher de l'autre côté de la ville ?

— Le jardin maraîcher ne me déplaît pas, puisque j'y suis née.

Elle avait salué du front, et timide aussi, elle était revenue à la maison. Lui, immobile, l'avait suivie des yeux avec ravissement.

À présent, sur le talus de bordure, Philippe s'était placé au même endroit que la veille. Il s'impatientait déjà de l'absence de Mariette, lorsque son brun visage à l'ovale régulier, à la clarté vive qu'ombrageait un fin chapeau de tulle blanc, apparut entre des tiges de bambous que dorait le rayon du soleil. Elle s'engagea lentement, le cœur pensif, dans l'allée centrale qui séparait le potager d'un taillis de mimosas.

C'est alors que Thérèse, surprenant enfin Philippe, lui frappa sur l'épaule.

— Que fais-tu là ?

— Hé ! C'est toi !… J'admirais ce beau jardin.

— Quoi ! Tu ne le connais pas encore ?

— Non. Pas assez.

Philippe, l'air distrait, marcha dans le sentier qui, le long du mur mitoyen, très bas, conduisait à l'extrémité du parc. Thérèse, qui n'avait pas aperçu Mariette, l'accompagna, sans soupçonner chez lui le moindre souci d'amour.

— Philippe, dit-elle, tu n'es pas venu une seule fois de cette saison au *Château Vert*. Tu me l'as promis, cependant.

— Un dimanche, impossible : il y a trop de monde. Dès que ma besogne au bureau se calmera, je tiendrai ma promesse, un jour de semaine.

— Sapristi ! Que tu travailles !

— Toi, par exemple, tu t'amuses toujours.

— Mes parents sont là pour moi.

Philippe se tut, dans la mélancolie de songer que ce brave Jalade, pour satisfaire les fantaisies d'une femme prétentieuse et d'une enfant mal élevée, s'enfonçait dans la dette chaque jour davantage.

S'étant retournés dans le sentier, vers la touffe de roseaux, ils arrivaient au même endroit que tout à l'heure. Alors la silhouette élancée de Mariette attira leurs regards.

Mariette était en toilette grise, que recouvrait aux trois quarts un tablier de satinette mauve, et les bras nus jusqu'au coude, elle s'avançait d'un pas harmonieux dans le rayonnement des fleurs qui la faisaient plus brillante.

— La fille du jardinier ! dit Thérèse.

— La muse de mon quartier ! répondit Philippe

— Ta muse ?

— Voyons, voyons !… Qu'as-tu ?

— Rien. Que je suis sotte !

— Il me semble que oui.

Philippe souriait de si bonne grâce que Thérèse se rassura. La fille d'un jardinier ! Philippe Ravin ne pouvait pas s'attacher à la fille d'un jardinier ! On savait bien que Thérèse Jalade était réservée à Philippe Ravin. Elle était du moins persuadée que les deux familles avaient depuis toujours décidé leur mariage.

Debout auprès de lui, elle regarda franchement la belle Mariette, qui était son aînée de quatre ans. Celle-ci s'étant arrêtée devant un buisson de roses, leva dans leur direction ses yeux noirs, si purs. Philippe aussitôt la salua de la main ; Thérèse imita son geste amical. Mariette dit bonjour, un peu confuse, en effleurant des doigts le bord de son chapeau de tulle, et elle ajouta :

— Mademoiselle Jalade a donc quitté le grau aujourd'hui ?

— Oui, mademoiselle, répliqua Thérèse. On n'y est pas mal, mais on est mieux ici.

— En effet, on est très bien dans ce quartier champêtre.

Et disant : « au revoir ! » Mariette continua son chemin dans l'allée centrale qu'encensaient dans le chaud soleil tant de parfums suaves. Philippe, dont la gentillesse de Mariette avait ranimé le désir d'amour, pinça gaiement Thérèse au coude, et même d'un ton railleur il la taquina :

— Tu ne veux pas être jardinière, toi ?

— Non, tout de même… Dis, comment la trouves-tu, ta voisine ? Moi je la trouve sympathique, un peu maniérée.

— Oui... Peut-être.

— Elle ne t'intéresse pas ?

— Si, puisqu'elle est jolie.

— Ça, c'est vrai.

Thérèse eut envie d'ajouter : « Et moi, est-ce que je ne suis pas jolie ?... » Seulement, elle n'osa pas. Comme Philippe lui prenait le bras et l'entraînait vers la maison, où M. Ravin attendait son fils, — car c'était l'heure du bureau, — elle eut un émoi de satisfaction glorieuse.

Au moment où les deux hommes s'apprêtaient à partir pour le magasin de vins, elle sauta au cou de Philippe et lui dit adieu.

— Thérèse sera toujours une enfant ! plaisanta M. Ravin.

Philippe, qui ne trahissait jamais ses émotions, serrait jalousement en lui l'image amoureuse de Mariette. Pourtant, devait-il se féliciter que Thérèse n'eût pas compris du tout sa secrète pensée ? Quelle déception plus tard !...

## **CHAPITRE II**

Le 15 septembre, au *Château Vert*, Philippe avait tenu sa promesse. À la fraîcheur de l'heure encore matinale, il se promenait dans le bosquet de pins en compagnie des Jalade.

— Votre saison a été bonne ? leur demanda-t-il.

— Très bonne, répondit Benoit, Depuis deux jours nous sommes au calme. Mais je suis sûr que nous aurons du du monde tout le long de l'année. Aussi, je ne fermerai pas l'établissement.

— Parbleu ? s'écria Philippe, trop soucieux de sa tranquillité pour contrarier les illusions de ses amis, ce qui d'ailleurs eût été inutile.

M$^{me}$ Jalade, toute réjouie en ronde corpulence, confirma, non sans affecter une sage modestie, les déclarations de son docile Benoit :

— Nous aurons ici la saison d'été et la saison d'hiver, comme sur la Côte d'Azur.

Ah ! qu'elle enviait, parfois avec une sorte de rage, la fortune solidement assise des Ravin ! Ce qui la consolait en sa médiocrité présente, et certainement passagère, c'était la certitude, ou presque, — car on n'est jamais sûr, — que Philippe épouserait Thérèse. C'est pourquoi les Jalade choyaient celui-ci comme un fils, et ils profitaient de l'occasion pour lui faire des confidences. Philippe était un jeune homme tellement sérieux qui avait le goût des affaires sérieuses !

— Crois-tu, Philippe, repartit M^me Jalade. Je conseille à Benoît de construire un casino : qu'en penses-tu ?

— Sans doute. Excellente idée. Mais ça coûte cher, un casino, surtout aujourd'hui : la construction, l'entretien, le personnel.

— J'ai prévu tous les frais. Et aussi que la clientèle les paiera. On viendra de partout au casino du grau : avec des autos, c'est très facile. Que la fréquentation de notre casino devienne à la mode, voilà l'essentiel !

— Et voilà justement le difficile,

— Bah ! Il faut voir grand.

— Pas trop grand.

— Quelle prudence tu as, à ton âge ! Je parie que ton père approuvera mes initiatives, lui qui n'a pas hésité à se lancer dans le grand commerce des vins.

M^me Jalade avait pris une gravité boudeuse, un pli au front. Elle semblait maintenant commander le silence lorsque d'un pas alerte Thérèse arriva, orgueilleuse d'arborer une robe verte qui froufroutait sur ses genoux et des sandales neuves à rubans verts.

— Eh bien ! Philippe, pourquoi restes-tu là ?

— Je ne suis pas en mauvaise compagnie, je suppose !

— Tu n'as pas encore vu la mer. Viens !

Pareils à deux fiancés, ils s'en allèrent côte à côte vers le quai de l'Hérault. Thérèse était si contente qu'elle ne parlait pas. Sur la plage, peu de baigneurs. C'est qu'en ce mois de septembre le travail des vendanges sur le littoral réclamait la présence des citadins aussi bien que des paysans. Quelques groupes épars de promeneurs animaient à peine la longue étendue de sable, qu'interrompait au loin une coulée de laves qui continue sous la mer jusqu'à l'ilot fortifié de Brescou, l'ancienne bastille de la province du Languedoc. La mer balançait lourdement ses vagues, bourdonnait de ses voix d'orgue, immense sous la voûte du ciel, où de temps à autre la brise passait en coup d'éventail.

— Tu ne désires pas te baigner ? dit Thérèse.

— Non. Le bain me fatigue.

— Comme tu te soignes !

Philippe ne répondit mot, sans qu'elle s'en offusquât. Il aimait le silence. Peut-être était-il saisi par la splendeur du spectacle, toujours nouveau, du ciel et de la mer confondant leurs lumières. Thérèse lui disait des gentillesses et riait. Il riait également, amusé de ses flatteries parfois espiègles. Mariette était-elle aussi gaie, aussi exubérante que Thérèse ? Ah ! quelle joie il aurait de la rencontrer un jour sur cette plage familière et d'y trouver avec elle la poésie de ce paysage si simple en sa noblesse ! À cette pensée d'amour il trouvait une saveur délicieuse de fruit défendu, et il oubliait par intermittences la présence de Thérèse qui bavardait constamment.

Midi bientôt. Les baigneurs quittaient la plage, Philippe et Thérèse, d'un même pas que l'épaisseur du sable rendait pénible, rentrèrent à l'hôtel. On déjeuna sur la terrasse, dans le décor vert enguirlandé des lianes de la vigne vierge, dont l'automne déjà colorait de pourpre et de cuivre les feuilles fanées. À table, Philippe se sentit, malgré lui, adulé comme un jeune roi. Dans la douce atmosphère d'espérance que les Jalade entretenaient chez eux, il n'y eut pour lui aussi que le plaisir de vivre.

— Que ferons-nous, cette après-midi ? demanda-t-il.

— Si tu veux, lui répondit Thérèse, nous irons faire une promenade en mer ?

— Volontiers.

— Té ! jusqu'à Brescou, sur le bateau des voyageurs.

À deux heures, la grosse cloche de l'embarcadère sonna. Thérèse et Philippe s'apprêtèrent avec entrain. Le vent s'était levé, un vent capricieux qui claquait en plis de drapeau dans le soleil. Presque en face du *Château Vert*, lorsqu'il franchit la passerelle branlante, Philippe se frotta les mains, en disant :

— Il ne fait pas chaud. Le temps se gâte.

— Ce ne sera rien, répliqua Thérèse.

Des baigneurs couraient sur le quai, à droite, à gauche, descendaient vers le primitif embarcadère. Le cloche sonnait toujours. Le bateau était balourd, épuisé d'avoir près de cinquante ans transporté des barriques du port lointain d'Agde, aux ports de Cette ou de Marseille. Le pont s'encombrait de paquets de cordes, sur lesquels les passagers s'installaient à la bonne franquette. Thérèse et Philippe, debout, fiers, échangeaient des saluts avec les Jalade, qui s'avancèrent sur le quai, triomphants de montrer aux gens du voisinage l'union des deux enfants si braves.

La cloche se tut, et le bateau indolemment démarra. Au milieu du fleuve, une onde brusque le secoua, une onde de la mer avide qui sans fin assaillait les rochers des phares. La mer l'attira en ses profonds remous. Il vira non sans peine, vers la gauche, dans la direction de Brescou, qui en deçà de l'horizon présentait la forme d'une gigantesque bouée noire.

Philippe était installé à la proue dans le frémissement soyeux de la vague qui enveloppait de sa bouillonnante écume les flancs sourds du bateau. Thérèse, accoudée auprès de Philippe, respectait son silence cette fois. Ils étaient seuls. Malgré le vent, qui par rafales galopait sur la mer mugissante, Philippe jouissait par tout son être de s'abandonner à l'élan du voyage, comme dans un songe vers plus d'espace. Devant lui se précisait mieux, là-bas, dans le tourbillon du vent et de la lumière, la figure barbare de l'îlot de Brescou, les remparts de sa forteresse meurtris par les tempêtes, et tout autour de l'îlot les rocs de lave qui, gardiens fidèles, veillent depuis des siècles sur son isolement.

Philippe, intéressé par le passage d'une troupe de poissons dont les écailles avaient des lueurs de sang, se pencha sans prudence hors du bastingage. Éprouva-t-il tout à coup un vertige ? Le bateau, attaqué perfidement par la boule, inclina-t-il trop fort sa carcasse qui sous le choc geignit ? Philippe, incapable de résister à la secousse plongea dans le gouffre chargé d'écume. Thérèse, saisie d'horreur, demeura sans voix une seconde. Puis, tandis que les passagers, affolés, jetaient des cris d'alarme, elle se pencha sur le gouffre, tendant les bras en pleurant de son impuissance. Philippe était déjà hors d'atteinte lorsque le batelier, à tout hasard, lança un de ses cordages à la mer.

Par bonheur, vêtu d'un léger costume de flanelle chaussé de sandales, Philippe nageait vers la barque de sauvetage, qu'il n'atteignit néanmoins qu'au bout de dix minutes. Que c'est long, dix minutes ! Exténué de fatigue courageux, il s'offrit habilement à l'étreinte du vieux sauveteur qui le hissa dans sa barque. Mais, sous la bâche, dont celui-ci le recouvrit avec soin, il tremblait de froid.

Le bateau avait rebroussé chemin, l'Hérault était loin encore. Il fallut plus de trois quarts d'heure, par une mer plus tumultueuse, pour aboutir au débarcadère. Thérèse, se dérobant à toute consolation, se précipita sur la passerelle et, éperdue de douleur, elle courut au *Château*.

On avait couché Philippe dans la plus belle chambre, au premier étage, sur le quai, à l'extrémité d'un couloir qui la séparait de l'appartement des Jalade. Thérèse tout de suite voulut voir Philippe.

— Non ! non ! se récria sa mère. Ça ne serait pas convenable.

— Pourquoi ? Philippe aura plaisir à me voir.

— Je ne dis pas non. Mais il lui faut du repos, pas d'émotion.

— Enfin, bon !... Il est ici. Je le verrai bientôt... Et dis-moi, est-ce que vous avez prévenu ses parents ?

— Non. Té ! Dans tout ce désordre... Et un médecin... Il faut téléphoner.

— Je m'en vais à Agde.

— Pas toi. Ce n'est pas ton rôle. D'abord, tu ne saurais pas prendre les ménagements nécessaires.

— Par exemple !... Au contraire. Dis-moi seulement s'il va bien.

— Oui, assez bien. Il dort.

— Ah ! tant mieux !... Dis, maman, je crois que ce ne sera rien ?

— Non, va.

— Je vais à Agde... Si ! Si !...

M$^{me}$ Jalade, pour ne pas inquiéter sa pauvre enfant, dissimulait la vérité. Car Philippe dans son lit demeurait inerte, blanc comme un linge, toujours frissonnant de froid, malgré les fers chauds que l'on posait à ses pieds, malgré les couvertures et l'édredon qu'on entassait sur les draps. Quel accident effroyable ! On était si content tout à l'heure ! Et maintenant, n'accuserait-on pas les Jalade d'avoir manqué de prévoyance ?

Tandis qu'Irène dans le petit salon séparant sa chambre de la chambre de Thérèse sanglotait entre les bras de son mari, Thérèse partait pour Agde. Accablée sur le siège de la voiture, elle trépignait d'impatience, quelquefois gémissait : « Pourvu qu'on ne m'accuse pas, moi ! »

Il était quatre heures. La magnificence du paysage sous le souffle du vent plus calme qui ridait à peine le fleuve et ne tourmentait guère la brousse des vignes ravagées par la vendange, laissait Thérèse indifférente. Au castel des Ravin, dès le vestibule, elle entendit le rire sonore d'Eugénie, la mère de Philippe. Celle-ci, dans son boudoir familier, se divertissait des commérages qu'une amie lui racontait à propos d'un professeur du collège.

Thérèse, si gaie d'ordinaire, se présenta timidement au seuil du boudoir. Les doigts au menton, interloquée par la présence d'une dame qu'elle ne connaissait pas elle ne bougea plus. Eugénie subitement cessa de rire. Pétrifiée de surprise, elle regarda Thérèse, qui semblait près de pleurer, et elle comprit qu'elle allait entendre un mauvais message.

— Tu es seule, petite ! Qu'y à-t-il ?

Elle se dressa d'un sursaut ; Thérèse s'avança d'un élan rapide. Elles s'embrassèrent.

— Qu'y a-t-il ?... Un malheur ?

— Oh ! oui, un accident bien regrettable.

— À Philippe ?

— On se promenait en bateau, et Philippe est tombé à la mer !

— À la mer !

— Il est sain et sauf. Il repose dans un bon lit, une belle chambre.

— Ô mon Dieu ! Mon Dieu !... Je viens avec toi !...

S'excusant auprès de la dame, son amie, de la triste obligation où elle était d'interrompre leur entretien, Eugénie dit à Thérèse :

— Au lieu d'aller au magasin informer François de cette méchante nouvelle, ce qui nous prendrait trop de temps, je vais lui téléphoner. Ensuite, je monterai à ma chambre... Une minute !

Eugénie se rendit en hâte dans le coin du vestibule où était installé, sous la rampe de l'escalier, derrière un rideau, l'appareil du téléphone. L'appel ne tarda guère. Elle téléphona d'abord à son médecin, puis à son mari. Thérèse, très attentive, ne put percevoir que quelques mots de la dernière conversation, lorsque Eugénie, énervée peut-être, éleva la voix, à son insu : « — Oui, ce ne sera rien. Alors, je dînerai là-bas. Tu viendras m'y rejoindre. Oui, parfait ! À ce soir !... »

Eugénie monta précipitamment à sa chambre, s'apprêta sans souci de coquetterie, rassembla dans une valise un peu de linge et descendit. À sa vieille cuisinière, qui s'était avancée sur la porte de la cuisine, elle donna ses instructions. Et poussant Thérèse par les épaules, elle gagna l'auto. À peine y était elle assise qu'elle interpella, d'assez mauvaise humeur, Thérèse, qui fermait à peine la portière.

— Dis-moi, petite, comment cela s'est-il passé ?
— Ma foi, si vite que je ne puis me l'expliquer moi-même.
— De Philippe qui est si prudent, un tel accident m'étonne. Est-ce que tu n'aurais pas pu veiller sur lui un peu ?
— Si ! Nous étions tout près l'un de l'autre. Seulement, des fois, quand je lui parle, il ne m'écoute pas. En tout cas, je n'y suis pour rien.

Eugénie ne répondit mot, se détourna de Thérèse, pour épier au loin l'horizon de la mer, et ne songeant qu'à l'insouciance, après tout redoutable, des gens du *Château Vert*. Ces brigands-là ne pouvaient décidément vivre que dans l'inquiétude, comme les poissons dans l'eau. Encore s'ils ne faisaient du mal qu'à leurs personnes, tant pis pour eux, pardi ! Mais ils ne permettaient pas aux autres de rester tranquilles. Ah ! mon Dieu, quelle patience il fallait avoir ! Et Eugénie exhalait des soupirs d'affliction, maugréait des mots de colère, au point que Thérèse, affligée davantage, osa d'un geste de filiale tendresse lui saisir le bras. Aussitôt Eugénie eut un sursaut de protestation :

— Laisse-moi !...

Thérèse, dans son coin, éclata en sanglots. Elle oublia les dangers que pouvait courir Philippe, pour ne penser qu'à elle-même, à ses intérêts et à ses convoitises.

Sur le sable plus épais du chemin, le long de l'Hérault, l'auto roulait dans la joyeuse lumière, au vent frais qui maintenant soufflait des Cévennes. Dès qu'elle eut stoppé devant l'hôtel, Eugénie en descendit à la hâte, criant ;

— Thérèse, dépêche-toi !

Thérèse la conduisit au premier étage, dans le couloir des belles chambres. Là, Irène attendait, haletante d'angoisse :

— Ô ma bonne Eugénie !... Au moins ne t'alarme pas ! Ce ne sera rien.

— Espérons-le, mon Dieu !

Eugénie s'arracha aux effusions intempestives de son amie, et, réprimant sa douleur, elle pénétra sur la pointe des pieds dans la chambre de Philippe. Thérèse essaya de se glisser dans son sillage. Mais sa mère sévèrement l'écarta :

— N'entre pas ! pas encore !...

— Papa, où est-il ?

— En bas.

Thérèse se réfugia dans le petit salon qui séparait sa chambre de celle de Ses parents. Elle en laissa, par curiosité, la porte ouverte sur le couloir. Les moindres bruits la faisaient tressaillir. Bientôt le D$^r$ Martin apparut, grave, soucieux, médecin Tant-pis, qui éternellement coiffé d'un beau gibus, des blancs favoris bien peignés sur une figure lunaire, semblait se rendre à un enterrement. Thérèse s'était empressée au-devant de lui. Dédaignant de saluer cette petite évaporée, qui ne pensait qu'à s'amuser, il disparut superbement dans la chambre du malade.

Une demi-heure après, M. Ravin, qui avait annoncé son arrivée pour le soir, se présenta inopinément, rouge d'anxiété, le front trempé de sueur. Thérèse, dont le cœur tremblait de crainte et d'amour à la fois, offrit de le guider.

— C'est ici, François.

— Je sais. Pas besoin de toi !... fit-il, en lui tournant le dos.

Sous l'injure nouvelle, Thérèse eut une défaillance. Elle s'affaissa sur son fauteuil et pleura, malheureuse d'être si lâchement maltraitée. Tout le monde lui reprochait donc cet accident aussi pénible que ridicule ! Et pourtant, en quoi avait-elle fauté ? Eh bien ! puisqu'on la blessait d'un injuste mépris, elle avait le droit d'infliger, à son tour, une sorte de châtiment à tout ce monde méchant, à sa mère même qui, pour la première fois, ne l'avait pas soutenue de son indulgence. Et puisqu'on ne l'acceptait pas au chevet de Philippe, elle eut l'idée, puérile et misérable, d'aller loin, dans la solitude, se consoler toute seule.

Elle s'élança dans le couloir, descendit l'escalier et s'en fut au hasard, par le bosquet de pins. Dans le sentier des dernières vignes, qui viennent le long des haies d'amarines mourir sur les bancs de sable, elle s'engagea délibérément. Sur la plage, il n'y avait qu'un groupe d'enfants que leurs mères ramenaient à l'une des auberges voisines du *Château Vert*.

Thérèse marchait vite, d'une allure de défi et de bataille. Plus d'un kilomètre au delà du bosquet de pins, le sentier s'insinue à la base d'une faible colline, que forme l'entassement des blocs de lave dégringolant de gradins en gradins jusqu'à la mer. Au creux de l'une de ces roches, criblées de trous comme des éponges, Thérèse se reposa, et dans la brume qu'exhalait le flot immense parmi la paix de la plage déserte, elle eut l'étrange volupté de savourer un acte de vengeance. En effet, chez elle, au *Château*, ne s'était-on pas aperçu de sa disparition ? On la cherchait certainement partout. Et ses parents, ses amis, devaient enfin souffrir comme elle.

Longtemps elle demeura prostrée, la tête entre les mains. L'ombre rôdait alentour, et sur les vagues à l'écume désormais invisible. Quelques étoiles s'allumèrent au firmament. Tandis qu'un nuage de ténèbres perlait sur la plaine de sables, la lumière des phares, là-bas, à la bouche de l'Hérault, devint aveuglante. Soudain, un pas sonna dans l'ombre, le pas d'un vieil homme qui revenait, un filet de pêche à la main, du « Bras de Richelieu », la longue jetée de pierres qui s'avance droit dans la mer.

Cet homme était petit, maigre, moricaud, les gestes mesurés, les lèvres souriantes sous une moustache grise. Il avait des anneaux aux oreilles, comme un esclave. Esclave volontaire, n'ayant jamais travaillé que par à-coups, sous la contrainte des griffes de l'indigence, il s'était, depuis les années de sa jeunesse, adapté docilement à la nécessité des privations et des quémandes.

À présent, paria que n'humiliait point le geste de mendier la charité de son prochain, il ne travaillait plus du tout. Son bonheur, il le trouvait à vivre au gré des circonstances et à boire.

Sa femme, lessiveuse jadis, était devenue auprès de lui une pauvresse résignée aux fatalités du sort, qu'elle croyait injuste.

Repoussés par la méfiance du monde, ils étaient venus, loin de la ville, habiter une masure, que l'homme avait réparée de son mieux, presque en haut de la colline, au-dessus du poste de douane, sur une terrasse d'où l'on dominait le magnifique panorama de ciel et d'eau depuis les Pyrénées jusqu'à la montagne de Cette. Nourri de haine contre le monde, qu'il rendait responsable de ses calamités, l'homme n'imaginait que des vilenies, à propos des hommes, ses semblables, et d'un air de sainte-nitouche il salissait de ses bavardages les meilleurs de ses bienfaiteurs.

Donc, passant par le sentier qui grimpe vers la lave, parfois en marche d'escalier, il aperçut au creux de sa cachette la grande enfant immobile, la tête entré les mains. Il s'arrêta :

— J'ai eu peur ! s'écria-t-il. Mais, est-ce que je me trompe, c'est bien la demoiselle du *Château Vert* ?

— Vous ne vous trompez pas, répondit Thérèse, qui, levant les yeux, reconnut le vieux Micquemic.

— Que faites-vous là ? Vous aurez froid.

— Je me suis querellée avec mes parents. Et je suis partie.

— Vous avez encore le temps de rentrer au *Château*. Il n'est pas sept heures.

— Non. Je ne rentrerai plus chez moi, on ne m'y aime pas.

— *Té !* Vous ne ferez croire ça à personne. C'est par amour-propre que vous n'osez pas rentrer… Hé hé ! alors, venez chez moi. On verra ensuite.

— Chez vous, je veux bien.

Elle suivit Micquemic sur le sentier grimpant de la colline. Bientôt, dissipant sa mauvaise humeur au contact d'un être humain qui lui montrait de la compassion, elle l'interrogea :

— C'est du poisson que vous portez dans ce filet ?

— Oui, mademoiselle. Quand les jambes me le permettent, je m'en vais à la pêche. C'est la mer qui nous fournit le plus solide de la subsistance.

Quand ils eurent dépassé le petit poste de la douane, qui était barricadé comme un soir d'hiver, Thérèse interrogea de nouveau :

— On ne vous dérange pas souvent dans votre retraite ?

— Je vous garantis que non.

— Ce ne sera donc pas ici qu'on aura l'idée de venir m'attraper ?

— Non. Cependant, il n'est pas possible que vous laissiez longtemps souffrir votre famille.

— Tant pis ! J'ai assez souffert, moi.

— Et de quoi, à votre âge ?

Thérèse ne répondit pas. On arrivait à la masure de planches goudronnées, où, sur une table ronde, brillait la lampe à pétrole. La vieille Julia, entendant son homme qui soufflait de l'effort de la grimpade, se présenta sur le seuil. Plus grande que lui, brune éclatante autrefois, un certain charme persistait encore sur son visage plissé de rides, mais éclairé par le chaud rayon de ses yeux noirs et par la belle santé de ses lèvres fortes, fièrement dessinées.

— Il me semble, Micquemic, que tu amènes quelqu'un ? s'écria-t-elle.

— Oui. Et tu seras étonnée.

— Où as-tu pêché cette enfant ?

Thérèse s'avança, un peu languissante, dans la faible lumière.

— *Té !* C'est mademoiselle Thérèse du *Château Vert !*

— Oui, madame, répondit Thérèse. Je m'étais assoupie dans le creux d'un rocher, quand votre mari m'a surprise. J'avais froid, je l'ai suivi.

— Vous avez bien fait. *Té !* Asseyez-vous là, près du feu. Et comment avez-vous arrangé ça de vous trouver dans ce creux de rocher ?

— Je vous le dirai, après un instant de repos.

## **CHAPITRE III**

Julia, qui était curieuse, comme toutes les commères désœuvrées, revint bientôt à la rescousse :

— Et vos parents, mademoiselle ?

— Ils ne savent pas où je suis.

— Par exemple !… Enfin n'importe, vous devez avoir faim ?

— J'avoue que oui.

— On va préparer le poisson… Ah ! nous n'avons pas grand'chose, *pécaîré !*

— Il y en a toujours assez quand c'est offert de bon cœur.

— Pour ça, le cœur y est.

Micquemic avait coupé des sarments sur le dossier de la chaise. Dans la cheminée profonde s'éleva une flambée qu'à mesure il alimentait de bouses de vaches bien sèches. Le poisson frétilla dans l'huile de la poêle. Julia mit sur la table, en guise de nappe, un torchon qui ne la couvrait pas tout entière et que l'usure avait déchiré par-ci, par-là. Et de bonne humeur, chacun prit un siège, Thérèse l'unique chaise, Julia un escabeau, Micquemic un tonnelet qu'il établit debout.

Certes, Thérèse avait un tressaillement de regret quand elle songeait à sa mère ou à Philippe, mais elle chassait vite leur ombre importune. Ses lumineux yeux noirs, qui étaient la parure de son visage, s'émerveillaient de voir ses hôtes très doux, dans ce cadre de misère que la femme entretenait si propre, avec son zèle d'ancienne lavandière. Tandis qu'après le poisson et la salade de doucettes, que Micquemic avait ramassée dans le fossé d'une vigne, Thérèse croquait une pomme, Julia lui dit :

— À présent, racontez-nous votre affaire.

Thérèse, d'une voix où peu à peu se ranima sa colère, raconta tout : la promenade, la plongée de Philippe, incident affreux et ridicule dont ses parents même, et sans raison, la rendaient responsable. Finalement, l'injustice de tous au *Château* l'avait indignée, et, pour les punir de leur méchanceté, elle était partie. Par hasard, sans intention maligne, elle nomma, au cours de son ramage, les Barrière, voisin des Ravin, dans l'agreste quartier d'Agde.

Ses hôtes, pour l'écouter, ne mangeaient plus, les coudes sur la table.

— Oui, conclut-elle, il paraît que la fille de ces Barrière, qui sont très riches, est discrète, distinguée, tandis que moi… Qu'est-ce que ça peut me faire qu'ils soient riches les Barrière !

À ces mots, Micquemic ricana :

— Ils n'ont pas toujours été riches, ceux-là, ni même, bons pour leur prochain. J'en sais quelque chose.

— Vous les connaissez donc ?

— Je crois, et beaucoup. Ce Barrière n'a-t-il pas commencé par être maçon, à treize ans, en sortant de l'école, comme moi ! Au travail nous étions presque toujours ensemble. Seulement ce métier ne lui a jamais plu. Il faut dire que Barrière n'est pas bête, et même qu'il a de l'idée, qu'il sait parler aux choses et les fignoler à sa fantaisie. Les dimanches, les jours de loisir, il cultivait des fleurs dans la vigne de son père. C'est quand il eut créé un potager, qui lui permit bientôt de cheminer vers la fortune, qu'il a quitté la truelle. Plus tard, il a acheté, en bordure du parc des Ravin, une magnifique propriété qui a dû lui coûter cher, et où il se livre en grand à l'horticulture. Mais le saut qu'il a fait de son jardin maraîcher à sa magnifique propriété d'à-présent ne vous semble-t-il pas trop brusque ?...

— Je ne sais pas. Je suis si jeune !

— C'est vrai. Ah ! Ah !...

Micquemic poussa un ricanement sauvage cette fois, où il y avait la révolte du paria qui se croit sacrifié. Avec une verve de mendiant dépité, pour le délicieux plaisir de médire, et sans se rendre compte du retentissement de son mensonge dans l'âme sensible de l'enfant qui l'écoutait, d'abord stupéfaite, il laissa couler ses paroles, tandis qu'en son esprit de visionnaire, qu'inspirait souvent le démon de la bouteille, s'éveillait une de ces images romanesques dont il avait le goût.

— Oui, dit-il, où Barrière a-t-il déniché tant d'argent ? Je suis sans doute le seul aujourd'hui à le savoir. Oui, tout son passé serait admirable, s'il n'y avait pas quelque chose... Hum !

— Tais-toi, Micquemic ! supplia Julia. Il nous arriverait des histoires. D'ailleurs, es-tu sûr de la chose ?

— Sûr, oui, parole ! Pourtant, tu as raison, Julia. Vaut mieux me taire. C'est tellement grave.

Thérèse, fort intriguée par l'insinuation du vieil homme, protesta :

— Si vous ne voulez pas achever vos révélations, vous n'auriez pas dû les commencer. On peut croire à des calomnies.

— Calomnies ! Malheureusement non.

— Ne seriez-vous pas jaloux ?

— Jaloux, moi ! *Pécaïré*, non. À mon âge, dans mon dénûment, on ne peut plus l'être. C'est lui qui est un égoïste. C'est lui qui m'aurait laissé accuser...

— Tu vas parler, Micquemic ! s'écria Julia. Prends garde !

— Eh bé ! oui, je parlerai ! Pourquoi non, après tout !... À la condition, mademoiselle, que vous ne le répétiez à personne ?

— À personne, je vous le jure.

Micquemic se versa une bonne rasade de vin, et comme il avait déjà vidé un litre, il dut en entamer un deuxième. Car, s'il aimait lézarder au soleil, sur les quais de la ville ou sur la plage du Cap, il aimait davantage boire le vin de son pays, le vin gris de la plaine sablonneuse, qui plus loin, sur le littoral, produit les crus renommés de Pomérols, de Frontignan et de Lunel.

— Eh bé, voilà, mademoiselle, on était des gamins, dix-huit ou dix-neuf ans, à la veille du service militaire. L'on travaillait dans la même équipe, de l'autre côté de l'Hérault, à réparer un château d'ancien temps. Un jour, Barrière découvrit sous le grand escalier un trésor, des louis d'or dans une cassette, qui s'enfouissaient là depuis la Révolution. Il ne dit rien, ni à moi, ni aux autres. Mais moi, je l'avais surpris. Devant son silence bizarre, je l'ai interrogé. Il m'a répondu tranquillement que la cassette ne contenait que des cailloux. Mais, au lieu de me la montrer, il l'a tout de suite emportée chez lui, en prétextant que comme ça on ne la lui chiperait pas, au chantier.

— C'est drôle que vous n'ayez rien divulgué à ce moment-là ?

— Bah ! on était des gamins insouciants. Et qui aurait eu le courage d'accuser un camarade d'un vol aussi hardi ? La chose, pourtant, s'est bien ébruitée dans la ville, mais on riait d'une pareille supposition que Barrière pût être un voleur, lui qui passait déjà pour le modèle de l'application au travail et de la sagesse, et qui n'avait pas plus d'orgueil après sa découverte qu'avant… Ensuite, le bruit des commérages s'est évanoui dans le fracas d'autres événements qui intéressaient tout le monde.

— Mais celui-là intéresse également tout le monde.

— Les survivants de cette époque sont devenus, comme moi, de vieilles patraques, qui ne veulent plus se faire du mauvais sang inutilement. Personne ne veut plus se souvenir. Je crois même que, si quelqu'un par hasard rappelait cette histoire de la cassette, on le prendrait pour un fou. D'autant que Barrière passe toujours pour le plus honnête homme de la terre, et que ceux qui l'envient dans sa fortune ont pour lui beaucoup de respect.

— Mais comment avez-vous constaté que la cassette contenait des pièces d'or ?

— Oh ! ce n'était pas difficile, repartit Micquemic, très fier de retenir l'attention de la demoiselle du *Château Vert*. Je les ai entendues tinter, ces pièces d'or. Parfaitement !... Et puis, cette hâte qu'il a eue de se sauver chez lui. Et puis, après les cinq ans de caserne, il s'est établi dans son jardin potager, sans rien changer à ses conditions de vie, pour ne pas éveiller les soupçons. Un beau jour, il a acheté sa magnifique propriété, il en a amendé le terrain, il a restauré la maison de la famille paysanne en maison bourgeoise qui a du confort et du luxe ; il a construit des pépinières, des terres, enfin tout ce qu'il y a de mieux. Et pour aboutir à tout ça, d'où aurait-il tiré l'argent, je vous le demande ?

— En somme, cet homme est un voleur !

— Ma foi, il n'y a pas d'autre mot. C'est comme ça dans la vie. Pendant que les uns montent, les autres descendent.

Julia maugréait contre son homme, qui n'avait pas plus de continence pour son bavardage que pour la boisson. Doucement, il se versa une nouvelle rasade.

— Tout de même, dit Thérèse, c'est dommage que vous n'ayez pas dénoncé la disparition de cette cassette.

— Bé ! Il me fallait des preuves !... C'est que Barrière aurait eu le toupet de m'intenter un procès. Et je n'en serais pas sorti aussi blanc que la neige... En tout cas, vous savez, mademoiselle, ne répétez rien à personne. Ici, on est pauvre, et j'ai besoin de tout le monde.

— N'ayez point de crainte, répondit Thérèse qui affecta un air d'importance.

Il y eut un moment de gêne. Julia quitta son escabeau pour ranger dans la cheminée les derniers bouts de sarments au cœur de la braise, d'où une flambée s'échappa. Micquemic, après qu'il eut vidé son deuxième litre, appuya sa tête contre ses bras, et il ne bougea plus.

— Maintenant, mademoiselle, que faisons-nous ? maugréa Julia.

Thérèse éclata d'un rire sec, qui dissimulait mal son anxiété.

— Si je pouvais rentrer chez moi ? dit-elle.

— Seule, vous ne pouvez guère. Il fait trop nuit.

— La mer éclaire toujours un peu.

— On voudrait vous accompagner un brin. Or, voilà que mon homme dort, et vous savez, plus lourd qu'une bûche. Moi, malgré les apparences, je suis bien faible. Pourtant, il me semble préférable que vous partiez.

— Quelle heure est-il ?

— Au moins dix heures. Et ici, dans cette tanière, où coucheriez-vous ? Nous n'avons pas de lit.

— Oh ! je m'arrangerai bien… *Té !* là sur la chaise.

— Comme une poule, alors… Non, *té !* je vous accompagne. Seulement je n'ai pas de manteau pour vous abriter du froid. Prenez au moins ce sac de toile sur vos épaules.

— Merci, madame. Là ! Je n'aurai pas froid.

— Une seconde ! Attendez-moi.

Julia alluma une lanterne sourde. Puis, rejoignant Thérèse qui était sortie de la masure, elle éclaira ses pas avec soin sur le sentier des roches qui descendent vers la mer. À la dernière marche, quand la lave s'étale presque de plain-pied avec le sable, Thérèse s'arrêta.

— N'allez pas plus loin, madame. Vous avez été très bonne. *Té !* voilà le sac de toile.

— Non ! Non ! Vous me le rendrez l'un de ces jours.

— Bien ! À votre convenance. Mais rentrez chez vous.

— Oui, je remonte, à cause de cet homme qui, s'il se réveille par miracle, peut faire quelque bêtise. Allons, je vous souhaite un bon retour au château.

— Oh ! il n'y a personne sur la plage et je la connais si bien !

Julia grimpa d'un pas impatient les gradins de la colline. Thérèse s'approcha tout à fait de la mer qui était douce, et sur le fin tapis de sable, où finissait en un rythme régulier l'écume, elle marcha. C'était vrai que de l'immense flot, ainsi que des cavernes de l'horizon, émanait, comme du ciel, quand le nuage ne cache pas ses étoiles, une lueur étrange qui dansait un peu sur la plage. Plus d'un kilomètre à parcourir jusqu'au quai de l'Hérault. Thérèse marchait depuis cinq minutes, lorsqu'elle aperçut soudain, cheminant à sa rencontre, une ombre humaine. Cette ombre s'arrêta. Thérèse, prise de peur, ralentit son allure, avec l'intention de s'évader vers la plaine des vignes. Tandis qu'elle hésitait, l'ombre se remit en marche, et d'un pas rapide cette fois. C'était un douanier achevant sa ronde. D'une voix bourrue, il cria :

— Avancez donc !

— Oui, monsieur. Oh ! je vous reconnais !

Elle courut, heureuse de trouver à l'improviste, dans la solitude que la mer et la nuit rendaient farouche, le vieux fonctionnaire si estimé sur le littoral, depuis le grau d'Agde jusqu'aux Onglons, par delà le Cap. Lorsque Thérèse l'eut atteint, il retira ses mains de sous son manteau, en souriant :

— Diantre, mademoiselle, seule ici, à pareille heure !

— Oui. J'ai fait la mauvaise tête, et, vous le voyez, je reviens de chez Micquemic.

— Micquemic ! Méfiez-vous !

— Pourquoi ?

— Rien, rien. Je n'ai rien dit. Tout le grau est informé de votre escapade. Vos parents se désolent... Et tout le grau vous donne tort.

— Parce qu'on ignore mes raisons.

— On ne les ignore pas du tout. Vous vous trompez. Personne ne vous reproche la moindre faute.

— Que si ! Je m'en suis bien rendu compte. En tout cas, je suis inquiète pour mon père et ma mère.

— Il est bien temps. Allons, dépêchez-vous de filer !

Thérèse reprit son chemin sur la marge de sable où le flot mourait languissamment. Au bout d'un quart d'heure, elle arriva au quai de l'Hérault, le long des auberges séculaires, luisantes de goudron. Le *Château Vert* s'enveloppait d'un morne silence. Jamais on ne fermait à clef la grande porte du vestibule. Thérèse entra, furtive, monta l'escalier à pas comptés, et glissant sur la pointe des pieds dans le long couloir du premier étage, elle ouvrit chez ses parents, la porte de leur chambre, avec une précaution infinie.

À la lueur d'une veilleuse, M$^{me}$ Jalade sommeillait dans un fauteuil, tandis que Jalade, couché dans son lit, n'était qu'assoupi. D'une main timide, Thérèse frappa sur l'épaule de sa mère. Celle-ci, écarquillant soudain les yeux, se redressa :

— Qui est là !... *Té*, c'est toi !... Enfin !...

— Oui, maman. Ne me gronde pas.

— Que tu nous a fait souffrir !... Ah ! Toquée !... Imbécile ! D'où viens-tu ?

— Je n'étais pas loin.

— Quel préjudice tu te fais à toi-même ! Nous t'avons cherchée partout.

La voix de M$^{me}$ Jalade grondait sourdement. Jalade s'agita sous ses couvertures, et d'un sursaut il se mit sur son séant.

— Qu'est-ce qu'il y a ?

— Tu ne vois pas ta fille !

— Si ! D'où viens-tu, Thérèse ? Est-ce permis de commettre des sottises pareilles !

— Ne crie pas, toi ! intervint M$^{me}$ Jalade. Laisse-la s'expliquer.

Thérèse, qui s'était prosternée aux pieds de sa mère parla d'une voix d'abord confuse, larmoyante :

— J'étais chez Micquemic, au-dessus de la douane. Ainsi, ce n'est pas loin.

— Qui t'aurait devinée là !... Et pourquoi nous as-tu quittés ?

— Écoute, maman. Ici je souffrais trop. On me rend responsable du malheur de Philippe.

— Mais non, pas du tout ! Quelle idée !

— Je sais bien ce que je dis... Et comment va-t-il Philippe ?

— Mieux, beaucoup mieux. Mais toi, tu dois être fatiguée ?

— Pas trop... Et si tu savais ce que Micquemic m'a raconté !...

— Tu me le diras demain. Va te coucher.

— Tout à l'heure. Écoute...

— Quoi donc ?

Tandis que Jalade, excédé par tant d'émotions, refermait les yeux, M$^{me}$ Jalade, qui oubliait vite ses chagrins, caressait les cheveux, les joues encore fraîches de sa fille.

— Écoute, maman. Tu sais M. Barrière, le voisin des Ravin, celui qui a installé un si beau domaine d'horticulture ? Eh bien, c'est un voleur.

— Allons donc !

Mme Jalade étouffa un rire entre ses grosses mains.

— Où as-tu appris ces sornettes ?

— Chez Micquemic, je te l'ai dit.

— Micquemic est un fainéant qui ne trouve sans doute pas la vérité dans le vin.

— Je t'avoue, maman, qu'il m'a fourni des précisions, Sais-tu, par exemple, que M. Barrière a commencé, tout jeune, par être maçon ?

— Il me semble qu'on me l'a dit.

— Eh bien, un jour, il a découvert un trésor sous l'escalier d'un château, et il l'a emporté chez lui, sans rien révéler à qui que ce fût, et en s'imaginant que personne ne l'avait surpris, mais son camarade, qui était ce Micquemic, l'avait pincé. Seulement, il n'a pas pu dénoncer le voleur, parce qu'il n'avait point de preuves.

— Ma petite, tout ça, c'est du roman.

— Ce qui me tracasse, c'est que les Ravin se sont liés avec les Barrière. Et qui sait si ces Barrière ne recherchent pas Philippe pour leur fille !

— Hein !… Il ne manquerait plus que ça !

Mme Jalade se débattait entre les bras de son fauteuil, en un tel courroux que M. Jalade se réveilla. Avec ses yeux clignotants, sa moustache ébouriffée, les traits de son visage tiraillés par la stupéfaction, il était presque laid.

— Qu'est-ce qui arrive ? demanda-t-il.

— Je te le raconterai tout à l'heure. Allons, Thérèse, viens te coucher.

Thérèse se laissa conduire, au delà du salon, dans sa jolie chambre, semblable à celle de Philippe, qui donnait sur le quai, sur l'immense espace où s'unissent les voix, parfois orageuses, de la terre et des eaux. Elle éprouvait maintenant un malaise de corps et d'âme, presque une honte, et le désir câlin d'en être consolée par des tendresses. Pendant que sa mère la bordait dans son lit, elle soupira :

— Il ne faut pas que les Ravin soient fâchés contre moi.

— Mais non, petite. Tu te fais des imaginations.

— Ni que les Barrière nous remplacent dans leur intimité.

— Mais non, va ! Philippe est un garçon sérieux, fidèle à ses affections. Quand il sera guéri, les choses iront toutes seules, dès que nous le voudrons.

— Je l'espère, maman.

Celle-ci baisa au front sa fille et se retira, disant :

— Allons, petite, fais dodo.

## CHAPITRE IV

Le lendemain, Irène Jalade se leva d'assez bonne heure, sans réveiller son mari, lequel d'ailleurs, aimant parfois à faire la grasse matinée, feignait de dormir. Cette gourmande d'Irène préparait d'habitude elle-même, en bas, dans la cuisine, son chocolat bien gras et bien sucré. Quel ne fut pas son étonnement de trouver devant le fourneau son amie Eugénie, s'occupant sans façon, en bonnet blanc et tablier blanc de bonne ménagère, d'une tisane pour son fils !

— *Té !* Eugénie !... Pourquoi n'as-tu pas sonné la bonne ?

— Je la dérange déjà trop.

— Mais c'est son travail de nous servir. Enfin, n'importe. Philippe, comment va-t-il ?

— Il a passé une bonne nuit. Il ne s'est réveillé que voici un quart d'heure.

— Ah ! Tant mieux !... Et, sais-tu que Thérèse est rentrée hier soir !

— Quelle enfant terrible !... Où avait-elle filé ?

— Pas loin. Chez Micquemic, sur la colline du Cap.

— Et pourquoi cette escapade ?

— Parce qu'elle craint qu'on ne la rende responsable de l'accident. Cependant elle n'y est pour rien.

— Naturellement.

Eugénie détourna la tête, gênée qu'elle était d'avoir eu, ainsi que son mari, et d'avoir peut-être encore la pensée d'incriminer cette Thérèse si étourdie.

— Que d'ennuis nous allons vous occasionner ! dit-elle.

— Tu veux rire ! Entre nous, voyons !... Est-ce que nous ne formons pas une seule famille !

— Oui, je ne n'en disconviens pas. Pourtant !...

— *Té !...* Remonte auprès de Philippe. Je t'apporterai la tisane pour lui et pour toi ton déjeuner. Si ! Si !... Ton devoir est de rester là-haut !

Irène reconduisit jusqu'à l'escalier son amie, qui, malgré tout, se félicitait d'un si chaleureux dévouement.

## CHAPITRE V

Quinze Jours après, Philippe, presque guéri, faible encore, se levait pendant quelques heures sans sortir de sa chambre. Thérèse était admise auprès de lui, à la condition de ne point le fatiguer par des conversations inutiles.

Ce mardi d'octobre, éclatant de lumière, elle voulut, en quittant la table, après midi, aller respirer un moment l'air bienfaisant de la plage. Mais quelle surprise elle eut d'apercevoir, sur la terrasse du *Château Vert* que la vigne ne défendait plus des rayons du soleil, la belle Mariette, la fille de ce voleur de Barrière, qui, en compagnie de sa mère, prenait à un guéridon de bois une tasse de café !

Chaque jour, en effet, accourait au grau d'Agde une clientèle nombreuse, oisifs de Montpellier ou étudiants, couples d'une noce tapageuse, paysans en fête, que des autos particulières et des autocars amenaient de la plaine ou de la montagne. Le *Château Vert* récoltait beaucoup d'argent. Aussi, les Jalade dépensaient avec largesse, pour agrandir ou réparer quelque partie de l'établissement, pour acheter de jolis meubles. Thérèse, ainsi que sa mère ne lésinaient jamais pour satisfaire la moindre de leurs fantaisies. Quand Thérèse remarquait chez une cliente de passage, surtout chez une amie, une nouvelle toilette élégante, elle avait la frénésie d'en posséder également une, plus riche. L'une et l'autre affectaient un certain mépris, qui est d'ailleurs l'une des expressions de la jalousie, à l'égard des femmes qui se contentent de leurs charmes personnels pour plaire et qui plaisent presque toujours.

Mariette, qui était sans prétention, sans apprêt, attirait la sympathie, malgré tout, par la vertu de sa beauté et la distinction de sa personne. Thérèse, dès qu'elle l'aperçut, eut un mouvement de recul : au lieu de se diriger vers le quai, elle se réfugia bien vite dans le bosquet de pins. Que venait donc faire au grau cette fille de Barrière ? Chercher peut-être un mari ? Peut-être surprendre des nouvelles de son voisin Philippe ?

Mais, errant à travers le bosquet ébloui de soleil, elle s'impatienta bientôt d'être seule, en proie à une anxiété lâche, qui l'humiliait à ses propres yeux. Alors, se reprochant d'avoir une seconde redouté cette jeune fille, qu'elle ne considérait certainement pas comme son égale par l'origine et par l'éducation, elle s'avança sans hâte vers la terrasse. Mariette la fixa d'un regard pur, et en bonne camarade qui se souvient d'une rencontre récente, elle la salua gentiment :

— Bonjour, mademoiselle. Quel beau temps, n'est-ce pas ? Et quel site délicieux vous habitez !

Thérèse, déconcertée par tant de franchise, s'arrêta, non sans quelque nonchalance, une affectation de se montrer, elle aussi, franche et simple.

— Oui, répondit-elle, on est bien au *Château Vert*. Oh ! si nous voulions, le séjour y serait plus agréable qu'à Nice.

— En tout cas, il y a ici tous les éléments du bonheur. D'abord il y a, comme à Nice, la mer. Ah !... je ne trouve rien de plus beau que la mer, rien de plus attrayant.

— C'est vrai ?

— Oui, elle vous invite au voyage, au désir de connaître, dans le renouveau des cieux, des terres toujours nouvelles. Oui, quand je suis sur le bord de la mer je n'aspire qu'à m'en aller loin, dans des pays si différents du nôtre, dont on nous vante le pittoresque et d'où l'on rapporte la faculté plus grande de mieux comprendre et de mieux goûter toutes les choses du monde.

— Vous quitteriez Agde avec plaisir ?

— Je regretterais ma maison, mes parents, mes amis. Mais je serais si émue, ce me semble, de m'aventurer sous la protection de Dieu à la découverte de ses œuvres magnifiques, ardentes ou glacées.

Thérèse écoutait avec étonnement ce langage enthousiaste, qui était d'un poète uniquement épris des joies de l'idéal. Elle qui, dans sa jalousie d'enfant passionnée avait pressenti le danger des relations trop cordiales entre Philippe et Mariette, se délivra de ses craintes tout à coup, et, satisfaite des circonstances qui amenaient à l'improviste la rencontre de Mariette, elle eut l'orgueil chantable de ne plus penser et de ne vouloir que le bien ; elle regretta d'avoir, sur la foi de Micquemic, traité M. Barrière de voleur.

— Moi, non, dit-elle, je ne rêve pas si loin. Il me suffit de rester ici pour être heureuse.

M$^{me}$ Barrière, qui était maigre et fine, usée par une longue vie de travail, toute vêtue de noir, et propre, luisante, observait avec admiration la demoiselle du *Château*, qui lui paraissait si dégourdie. Elle ne parlait aisément que le patois d'Agde, le patois languedocien des ouvriers, des pêcheurs, des humbles. C'est pourquoi, les mains sur les genoux, elle évitait de prendre part à la conversation des jeunes filles, tellement savantes, surtout sa Mariette, qui lui révélait aujourd'hui des ambitions assez bizarres. Pourtant, lorsque survint un silence, elle osa, sachant qu'elle ferait plaisir à sa Mariette, demander des nouvelles du malade :

— Comment va-t-il, ce gentil M. Philippe qu'on voyait souvent l'après-midi sur la haute allée de son parc ?

— Il va beaucoup mieux, répondit Thérèse sans trouble, il se lève depuis quelques jours.

Thérèse, tandis qu'elle s'adressait à M$^{me}$ Barrière, ne remarqua point que Mariette rougissait. Mariette, qui avait une volonté forte, réprima l'émoi de son amour, et la flamme passa sur son visage comme le vent sur une fleur. Car elle aimait Philippe, plus fervente chaque jour. Seulement, trop modeste, elle ne croyait pas les Barrière élevés au même niveau social que les Ravin, et elle se gardait sagement de l'illusion que Philippe l'aimait aussi. Cependant, elle savait, comme la plupart des femmes, jouer de ruse, et, bien qu'elle s'interdît un trop grand rêve de félicité, elle s'efforçait prudemment de pénétrer les véritables sentiments de Thérèse à l'égard de Philippe. De telle sorte qu'elles se trompaient l'une l'autre. Combien de temps ce jeu de cache-cache durerait-il ?

— Je parie, dit-elle, que M. Philippe se plaît au Grau plus qu'à Agde. Et puis, vous êtes si étroitement liés, les Jalade avec les Ravin !

Un sourire entr'ouvrit les grosses lèvres de Thérèse, gonfla un peu son long nez charnu.

— Philippe, répondit-elle, est ici chez lui, comme dans sa maison je suis chez moi.

— Alors, nous ne le verrons pas de longtemps à Agde ?

— Si ! Pourquoi pas !... Mais je crois qu'il est débarrassé pour toujours du désir de voyager sur l'onde. D'ailleurs, il n'a pas vos goûts de l'aventure en des pays lointains. Il aime trop sa vieille ville, sa maison, son parc.

— Il n'a pas tort... Ah ! mademoiselle, je ne veux pas vous retenir davantage. Nous allons, ma mère et moi, nous promener sur la plage.

— Il fait si beau !

— Me permettrez-vous, mademoiselle, une requête qui est peut-être une indiscrétion ?

— Une indiscrétion ! se récria Thérèse.

— Oui, peut-être. Daignerez-vous présenter à M. Philippe nos vœux de complète guérison ?

— Volontiers.

— Tout le monde à Agde s'entretient de son accident. Et nous sommes si voisins qu'il nous a particulièrement frappé.

— C'est naturel. Je ne manquerai pas de lui transmettre vos vœux.

Mariette, ainsi que sa mère, serra la main de Thérèse qui souriait de tout son visage aux yeux plissés. Tandis qu'elle s'éloignait à pas lents, d'un air recueilli, Thérèse, de nouveau troublée, monta chez Philippe.

Celui-ci, assis dans un fauteuil, une couverture sur les genoux, jouait aux dames avec sa mère. Thérèse lui dit tout de suite :

— Devine qui j'ai rencontré en bas, sur la terrasse, et qui m'a parlé très agréablement de toi ?

— Deviner... Mais... Un homme ou une femme ?

— Une jeune fille, et belle, il faut l'avouer.

Philippe affectait un grand étonnement, manière de dissimuler son émoi. Sa mère, qui était généralement de bonne humeur, éclata de rire :

— Parbleu, mon fils !... Il est évident qu'une jeune fille doit s'intéresser à ta santé... Tu ne devines pas ?

— Ma foi, non, balbutia-t-il, gêné par le regard scrutateur de Thérèse.

## CHAPITRE V

À présent que celle-ci ne subissait plus l'influence des caresses de Mariette, elle perdait tout à fait son assurance, et son appréhension d'une rivalité possible s'éveillait dans son âme.

— Ce n'est pourtant pas, dit-elle, difficile à deviner, Philippe. Il s'agit de ta voisine, la fille du jardinier.

— Ah !... Très bien. Elle est gentille, en effet.

— Oui... Mais tu deviens tout rouge. Pourquoi donc ?

— Moi !... C'est-à-dire... que la sympathie d'une jolie personne ne peut que me flatter.

— Allons, tu lui plais !

— C'est possible. Mais que veux-tu que ça me fasse ?

— Hé ! Hé !... Elle ne serait pas fâchée de s'appeler un jour M$^{me}$ Philippe Ravin.

— Tu vas vite en besogne. Je te demande si j'ai jamais imaginé une chose pareille ?

— Toi, non, je sais bien. Mais elle !...

Le dépit, une sorte d'effroi dévoraient maintenant l'orgueilleuse Thérèse, qui allait et venait par la chambre.

La mère de Philippe, découvrant pour la première fois les convoitises de cette enfant gâtée, demeura immobile de stupéfaction, les mains à plat sur le damier. Philippe, toujours patient, avait déjà recouvré son sang-froid : d'un doigt calme il déplaçait un pion sur l'échiquier.

Après un moment de silence, Thérèse, qui se tenait debout, les bras croisés, auprès de Philippe, maugréa :

— Je crois bien, après tout, que la fille du jardinier n'est venue ici que pour avoir de tes nouvelles.

— Ah ! Thérèse !... répliqua M$^{me}$ Ravin. Tu as bien tort de t'agiter ainsi !

— Quand même, ajouta Philippe, Thérèse dirait vrai, est-ce que M$^{lle}$ Barrière n'a pas le droit de s'intéresser à un jeune homme qui est son voisin ? Allons-nous, pour cela, nous chamailler, nous autres ?

— Non ! protesta Thérèse. Ce n'est pas possible. Par conséquent, n'insistons pas. Mais on est jaloux de ce qu'on aime.

M$^{me}$ Ravin s'aperçut à l'instant que son malade, trop distrait, jouait à tort et à travers.

— Tu es un peu fatigué, Philippe ?

— Oui et non. Je commence à m'ennuyer.

— Avec nous ! Ici !… se récria Thérèse.

— Je pense à mon travail. Il y a si longtemps que je suis enfermé dans cette chambre !… Oh ! que tu deviens ombrageuse !…

— J'ai encore tort. C'est vrai.

Thérèse sourit de bonne grâce, et le souci s'envola de sa tête légère. Aidée de M$^{me}$ Ravin, elle rapprocha de la fenêtre le fauteuil de Philippe. Celui-ci, comme d'habitude, s'extasia d'admiration et de joie devant l'espace ivre de lumière où communiaient les riches splendeurs de la terre et des eaux. Quelquefois des bateaux descendaient le fleuve, et cela divertissait Philippe de surveiller leur avance pénible contre les premières ondes de la mer haletante. Sur le quai passaient des promeneurs ; des autos roulaient jusqu'au seuil de la plage, ou en revenaient. À même les dalles, sur les bords du quai, des pêcheurs ravaudaient leurs volumineux filets pourvus de gros bouchons ; d'autres rapportaient de leurs barques, qui maintenant étaient couchées sur le sable de la plage, des paniers de poissons.

— Je ne comprends pas, dit Thérèse, qu'on puisse s'ennuyer ici.

— Pardon ! répondit Philippe, c'est que je pense à mon père, à tout le travail qui l'accable, et dont je n'ai pu depuis trop longtemps le soulager.

— Brave enfant ! murmura M$^{me}$ Ravin.

Thérèse jouissait bien plus de tenir compagnie à Philippe que d'admirer la magnificence du paysage. Soudain tandis qu'ils appuyaient leur front contre le carreau de la fenêtre, ils aperçurent Mariette se promenant sur le quai. De nouveau une flamme envahit le visage de Philippe. Thérèse eut un petit ricanement malicieux, mais sans amertume :

— Ne te trouble pas, Philippe, parce que tes yeux rencontrent la fille du jardinier.

— Hé ! Sa vue me rappelle ma maison, mon parc, l'heure douce d'après déjeuner, où je la retrouve dans son jardin ; cette heure de flânerie et de recueillement qui me semble si loin, et que tu partages certains jours.

— Ta maison et ton père t'attendent. Mais pour nous, crois-tu que ce n'est rien que de te posséder ici ?

— J'aurais préféré être ici dans des conditions plus agréables.

— Ce temps-là viendra, dit Thérèse qui se plaisait en ses illusions.

— Alors, toi, tu ne fais pas grand'chose ?

— Si !... *Té !* Je vais en bas vérifier quelques comptes. Maman se trompe assez souvent dans ses chiffres.

— C'est ça, va travailler.

Il lui serra la main avec une ferveur dont elle fut remuée en sa petite âme chaleureuse. C'est que, par compassion, il ne voulait pas lui arracher, — le moment viendrait assez tôt, — son rêve d'amour et de mariage. Elle s'en fut, glorieuse après avoir embrassé la mère de Philippe, qu'elle appela « ma seconde maman ».

## CHAPITRE VI

Ce joli matin de novembre, dans le bureau de l'hôtel, toutes portes closes, Thérèse n'étant pas encore descendue de sa chambre, M$^{me}$ Jalade, à la fois douce et autoritaire disait à son mari :

— Vas-y, Benoît ! Ravin te prêtera, j'en suis sûre, ces 20 000 francs.

— Je lui en dois déjà 50 000, dont je ne lui paie même pas les intérêts.

— Nous avons de quoi répondre, Dieu merci : le *Château Vert*, notre clientèle, tes propriétés. Ici, quand l'établissement sera mieux agencé, nous ferons des mille et des cents. Réfléchis, Benoît, les 20 000 nous sont nécessaires pour bâtir une annexe, acheter un bateau, entreprendre un voyage sur la Côte d'Azur, où il faut que j'aille me rendre compte des installations à la mode.

— Presque tout notre bien est hypothéqué. Sur quoi garantir ces 20 000 francs ?

— Sur ta vigne de Bessan.

— La seule vigne qui me reste intacte, une vigne qui me vient de mon grand-père.

— Avec ton grand-père, tu es ridicule... Ravin ne se fera pas tirer l'oreille. Et puis enfin, à cause de nos enfants, nous ne formerons un jour qu'une seule famille.

— Heu !... Heu !...

— Quoi ! Tu en doutes ?... Mais la chose est certaine. Avec qui veux-tu que les Ravin marient leur fils, sinon avec Thérèse, qui le dégourdira !

— Oh !... moi, je veux bien.

— Parfaitement ! Tu serais un sot de ne pas le croira. Allons, ton ami Ravin ne peut rien te refuser.

Incapable de résister plus longtemps à sa femme, qui dans sa vigoureuse santé gardait toujours un exubérant optimisme, Benoît s'inclina :

— J'irai donc chez Ravin avant la nuit, comme d'habitude.

Vers le soir, il s'apprêta d'assez bonne humeur, en monsieur coquet. Une demi-heure après, il débarquait de son auto à Agde, devant le magasin de son ami, dans le faubourg neuf, de l'autre côté de l'Hérault. Sur le quai s'allongeaient les murs blancs des vastes chais qu'une cour spacieuse séparait de l'administration. Dans le cabinet du patron, qui l'occupait seul, à l'écart des bureaux, Benoît Jalade entra, familier, la main tendue.

— Tiens ! s'écria Ravin, qui au sentiment de son ancienne amitié ajoutait la gratitude des soins minutieux que le *Château Vert* avait prodigués à son fils. Tiens ! quel bon vent !... Et comment va-t-on au Grau ?

— Tout est à merveille. Et chez toi ?

— Prends ce fauteuil... Oh ! chez moi rien ne cloche. Tu verras Philippe qui est le plus malade... Mais tu as quelque chose à me dire ?

Benoît s'avança sur le bord de son fauteuil, en fronçant les sourcils. Comme s'il allait se battre, il frappa dans ses mains.

— Mon cher, inutile entre nous de tergiverser. J'ai besoin de 20 000 francs.

— Encore !... Pourquoi ?

— Des agrandissements, des achats...

— Tu t'endettes beaucoup, tu fais fausse route.

— En apparence.

— Ne me disais-tu pas dernièrement que le *Château Vert* est toujours plein de monde ?

— Si !... Mais j'en veux davantage. Or, tout coûte si cher aujourd'hui.

Ravin, saisi de pitié, pour ce pauvre ami qui avait continuellement trouvé des emprunts si faciles qu'il n'en pouvait perdre le goût, Ravin, les mains jointes sur un genou, prononça :

— Ça te fera 70 000 à rembourser, rien qu'à moi... Grosse somme : prends garde !

— Il me faut ça, que veux-tu ! J'offre en garantie ma vigne de Bessan.

— Tu manges ton bien très vite. À ta place, j'aurais mis de l'argent de côté.

— Erreur. Nous avons tant de frais !

— Tous ces frais sont-ils indispensables ? Je te parle à cœur ouvert, dans ton intérêt. Ta femme est-elle bien consciente de vos possibilités ?

— Pour ça, oui... riposta vivement Benoit qui sentait avec douleur que Ravin touchait le point important de ses inquiétudes.

— Tu es bon, Benoît, tu acceptes les pires imprudences, pourvu qu'on te laisse en paix et que tu voies contents et satisfaits les êtres que tu aimes le mieux. Tu as tort. C'est la mission du chef de famille de diriger seul tes affaires dans le droit chemin... Voyons, là, expliquons-nous franchement : ta femme n'est-elle pas trop préoccupée de paraître ?...

— Ma foi, non.

— Ta fille ne contracte-t-elle pas la mauvaise habitude de considérer la vie comme une fête perpétuelle ?

— Oh ! tu exagères. Il faut dans notre commerce montrer qu'on a de l'argent. L'eau va au moulin.

— J'ai parlé selon mon devoir d'ami. Mais que je te refuse l'assistance que tu sollicites de moi, non, mille fois non : je ne veux pas que tu te l'imagines un instant. Tu auras tes 20 000 francs.

— Merci, mille fois merci. J'espère que l'an prochain je commencerai, après la belle saison, de rembourser.

— Je le souhaite pour ta tranquillité, pour l'avenir de ton enfant...

Ravin fixa le jour où ils iraient chez son notaire enregistrer ce nouvel emprunt. Ensuite, il s'excusa de ne pas le retenir davantage, pressé qu'il était par l'heure du courrier. Benoît s'en fut dans la pièce voisine, qui était le bureau de Philippe, embrasser celui-ci. Et très impatient de porter à Irène la bonne nouvelle, il repartit pour le Grau.

Au Grau, l'hôtel retentissait d'une cohue de gens rieurs et bavards, les gens d'une noce pour lesquels on dressait dans la salle à manger, sous les ordres de la patronne, une table étincelante de fleurs et de cristaux. Là-haut, dans sa chambre, Thérèse se parait d'une toilette neuve.

Quelle joie pour Irène, au milieu de son grand travail de commandement, d'apprendre le succès de son mari !

— Qu'est-ce que je te disais ! s'écria-t-elle, en lui pressant les joues avec amour... *Té !* s'il nous vient encore une autre noce, nous n'avons plus de place. Allons, tout marche à souhait. Seulement ne t'occupe des agrandissements du château que lorsque je serai revenue de Nice.

— Entendu, ma chérie.

Ils n'osèrent de quelques jours annoncer aux Ravin le fameux voyage sur la Côte d'Azur. La veille du départ, il fallut cependant aller leur dire au revoir, à 6 heures, après que Philippe et son père étaient rentrés chez eux.

À l'annonce d'une telle extravagance, les Ravin furent abasourdis. Irène, en un ramage abondant qui dissimulait mal son frémissement de bonheur, expliqua longuement qu'elle entendait accomplir un voyage d'études.

— Oh ! nous ne resterons là-bas qu'une semaine. C'est que tout coûte !

Thérèse ne cessait pas d'épier Philippe, parfois d'une caresse elle lui touchait les mains. Elle lui dit à voix basse, un moment que sa mère parlait plus fort :

— Pourquoi ne viendrais-tu pas, toi aussi ?

Philippe, stupéfait, promena sur elle d'un peu haut un regard de mélancolie, sans répondre. Elle ajouta dans le plaisir de ses rêves :

— Alors, plus tard ?

Il ferma les yeux à demi, hocha la tête d'un air d'ennui qu'elle interpréta comme un acquiescement. Ravin, assis à côté de Thérèse, restait muet de mépris. C'était donc pour envoyer ces pintades parader sur la Côte d'Azur que Benoît lui avait emprunté de l'argent. À la minute solennelle de leurs adieux, il ne quitta point son fauteuil. Lorsqu'après leur départ sa femme et son fils revinrent auprès de lui, devant la cheminée du boudoir où flambait un feu de bois, ils se regardèrent l'un l'autre avec une sorte de consternation.

— Par ma foi, soupira M$^{me}$ Ravin, ces Jalade sont fous !

— L'emprunt ! Toujours l'emprunt ! maugréa M. Ravin. C'est toujours demain qu'ils feront fortune. Et chaque jour ils s'enfoncent un peu plus dans l'abîme.

M$^{me}$ Ravin interrogea Philippe, qui paraissait songeur.

— Au fait, que te disait Thérèse, en particulier ?

— Une insanité ! répondit Philippe, en haussant les épaules. Elle m'invitait à l'accompagner dans son voyage.

— Ah ! bah !

À ces mots, tandis que M$^{me}$ Ravin demeurait bouche bée, son mari frappa sur ses genoux, et d'indignation agitant son corps mince entre les bras de son fauteuil il ricana très haut :

— Oui, ils ont imaginé que Thérèse doit un jour s'appeler M$^{me}$ Philippe Ravin. Ils y croient dur comme fer. N'est-ce pas, Philippe, que j'ai deviné ?

— Oui, mon père...

— Est-ce que cela est possible ?

Philippe regarda sa mère, puis son père avec une placidité qui ne manquait pas d'ironie.

— Non, déclara-t-il résolument.

— Je le savais... Ah ! les fous qui déforment à leur gré la réalité des choses !... Pourtant, on a pour eux de l'affection.

— Comment détruire un passé qui unit si fort les deux familles !

— C'est malheureux ! murmura M$^{me}$ Ravin.

Philippe, penché vers le feu, se taisait, maussade, se demandant si vraiment des liens solides l'unissaient à des amis uniquement préoccupés de satisfaire leur vanité. Il affecta, déjà si peu loquace, de ne guère parler à table. Chaque fois qu'on évoquait, pour en sourire, les convoitises de Thérèse, il en écartait l'image d'un geste de dédain. Ce n'était pas Thérèse qu'il blâmait le plus, parce qu'on pouvait, après tout, l'excuser de se griser d'illusion à son âge. Il trouvait les Jalade détestables d'insouciance et d'orgueil. Quel regret que les circonstances n'eussent pas permis plus tôt de leur faire entendre qu'ils se complaisaient dans une erreur saugrenue ! On n'aurait pas le chagrin d'infliger à Thérèse, un jour prochain peut-être, une cruelle déception. Ma foi, tant pis !... Pourquoi d'ailleurs cela empêcherait-il de rester amis ?

Mariette paraissait à ses yeux plus belle chaque jour, plus désirable, douée d'un caractère qui s'accordait au sien, à son goût de calme et de modération. Il espérait que ses parents ne contrarieraient pas son dessein, car, à plusieurs reprises, ils avaient vanté les qualités morales de M. Barrière. Mariette, élevée dans un grand lycée, à Lyon, avait de l'éducation ainsi que de la fortune. Elle saurait à merveille se tenir dans le monde le plus envié de la région, chez les bourgeois distingués qui depuis longtemps avaient par leur intelligence et leur travail conquis de véritables titres de noblesse. Thérèse, elle, ne songeait, en sa tête de linotte, qu'à l'éclat de ses toilettes et à l'amusement. Oui, mais, sur les intentions de Mariette ne se leurrait-il pas ? Ne serait-elle pas, au fond de son cœur, un de ces amours jaloux que parfois les jeunes filles consacrent à un jeune homme, qui d'ailleurs ne le soupçonne point ? Philippe résolut alors de connaître la vérité sans retard. Pourquoi perdrait-il son temps en rêveries qui ne convenaient pas à sa nature, lui qui cherchait la précision en toutes choses. Certes, il n'était pas expansif. Mais, sous des apparences de froideur, il avait une âme ardente, qui ne se détachait pas aisément d'une idée une fois qu'il l'avait adoptée.

Donc, le lendemain, après déjeuner, il descendit dans le parc faire sa promenade habituelle. Ce jour de novembre était délicieux, une sorte de printemps étonné, tout enguirlandé de feuillages d'or et de pourpre qu'emporterait la première bourrasque. Philippe gravit le talus bordé de roseaux, et, de la haute allée qui domine la propriété des Barrière, il guetta l'apparition de Mariette.

Bientôt elle apparut, en sa toilette grise, un léger manteau de satin mauve sur ses épaules rondes, le front auréolé des rayons du soleil qui, dans ses cheveux courts et dans ses yeux noirs, mettait des étincelles. À cause de l'éblouissante illumination de l'espace, elle ne vit pas tout de suite Philippe. L'apercevant enfin, elle lui fit un sourire, et, comme si en cette minute émouvante elle eût pressenti l'aveu de son amour, elle demeura doucement attentive à son regard. Puis, franche, elle s'avança par une large allée, sous le prétexte de redresser quelques tiges de rosiers, jusque tout près du mur mitoyen qui soutenait le talus, où Philippe était immobile, frémissant d'un trouble extraordinaire.

Il hésita un peu. Il s'inclina vers la crête du mur, et, au risque d'être entendu de M. Barrière, qui entamait, non loin de là, la taille de ses mimosas, il dit :

— Je n'ai appris qu'hier soir, mademoiselle, que pendant ma maladie vous avez daigné aller au *Château Vert* prendre de mes nouvelles.

— Oh ! qui vous a si exactement renseigné ? balbutia-t-elle. Qui donc a pu deviner mon intention, dont je n'avais même pas informé ma mère ?

— Les mères devinent chez leurs enfants tant de choses ! du moins, je le crois.

La voix de Philippe devenait aussi faible qu'un murmure. Comme par mégarde, afin de mieux saisir la moindre de ses paroles, Mariette se rapprocha davantage. Philippe, en même temps, glissa dans le sillon qui se creusait entre le mur du jardin et la pente du talus, au-dessous de l'allée que bordaient les roseaux.

— Vous comprenez, dit-elle, manière d'excuser l'arrière-pensée de sa promenade au Grau, tout le monde prétendait que l'accident dont vous avez été victime pouvait laisser de vilaines traces.

— Les gens exagèrent vite… Mais, tant mieux ! Je suis si flatté que vous vous soyez dérangée à cause de moi !…

Il y eut un silence, la paix naïve des choses dans le parfum de la terre qui se pâmait à la lumière dorée de l'automne. Mariette, hochant de nouveau le front, osa regarder Philippe bien en face :

— Nous sommes tellement voisins ! reprit-elle. Je suppose que, si un pareil malheur m'était arrivé, vous auriez eu sans doute pour ma personne le même souci.

— N'en doutez pas, mademoiselle, s'empressa-t-il de répondre.

Et d'une voix, que maintenant étranglait l'angoisse, il ajouta :

— D'ailleurs, me sera-t-il permis de vous confier tout ce je que pense ?

— Mais oui, monsieur Philippe.

— Eh bien ! la première fois que j'ai eu l'occasion de vous apercevoir ici même, dans ce beau jardin, j'ai ressenti la joie la plus profonde de ma vie. Il m'a semblé que les choses devenaient tout à coup plus belles, plus pures, plus dignes d'être aimées, et que moi-même je devenais meilleur. Et dès lors je n'ai pas cessé de penser à vous.

— À moi !... répondit-elle, en un frêle éclat de rire qui brusquement s'arrêta.

Il appuya ses bras sur la crête du mur, en même temps qu'elle se rapprochait encore. Tandis qu'il la regardait fixement, elle à son tour posa, auprès des bras de Philippe, ses mains fines, un peu longues. Il lui dit :

— Permettez-moi enfin, mademoiselle, de souhaiter, que bientôt ce mur ne nous sépare plus.

Elle le regarda aussi, une seconde plus furtive que le vol d'une abeille. Elle baissa les yeux, et le teint mat de son visage, qui avait le brillant de la soie, se couvrit d'une rougeur adorable.

— J'avais compris depuis longtemps, murmura-t-elle.

— Oui, c'est vous, mademoiselle, que je rêve d'avoir, un jour prochain, pour compagne.

— Je n'espérais pas tant de bonheur... Pardonnez-moi.

— Je vous aime.

— Toute ma tendresse est à vous.

— Que ce jour soit béni !

Ils parlaient bas, les yeux dans les yeux, avec une émotion de piété amoureuse, parmi le recueillement des choses qui, dans leur solitude, les isolait davantage.

M. Barrière, caché par le bouquet de mimosas, rappela Mariette d'une voix amicale. Bien vite, elle s'écarta du mur mitoyen, en saluant de la main.

— Au revoir ! dit-il.

Elle s'éloigna lentement, par l'allée qu'embaumaient les buissons de roses ; Et Philippe, glorieux de lui avoir confessé son amour, regagna la maison d'un pas alerte.

## CHAPITRE VII

Trois semaines après, M^me Jalade et sa fille débarquaient, par un soir de froid brumeux, en gare d'Agde. Ah ! qu'on s'était amusé à Nice, à Cannes, à Monaco, au milieu des grands de ce monde ! On avait ri, dansé, écouté de la musique, assisté à des courses, à des concours de tennis et même de boxe. Dans la vision de tant de splendeurs, on ne songeait plus que de temps à autre, comme à un orage désagréable, à la perte de 10 000 francs que M^me Jalade avait subie au Casino de Monte-Carlo.

Heureusement, M^me Jalade avait rencontré là-bas, à Cannes, M^me Brouilla, la femme d'un hôtelier, l'un des plus familiers compagnons de son mari dans la cuisine d'un impérial hôtel de la Croisette, autrefois, au temps de leur apprentissage. Cette dame, aujourd'hui millionnaire, avait sans difficulté prêté à la pauvre Irène la même somme de 10 000, que celle-ci de très bonne foi avait promis de rembourser, dès son retour au *Château Vert*.

Benoît Jalade était allé, comme de juste, attendre ses voyageuses à la gare. Dans l'auto, elles eurent tant de prouesses à raconter, tant de merveilleux palaces, de casinos, de dancings à décrire que, sans accorder le moindre regard à l'antique ville d'Agde mal éclairée ni à son petit port ridicule et désert, on n'eut pas le temps de demander des nouvelles des amis Ravin.

Benoit, parmi le désordre des bavardages, ne se souvenait plus qu'avec répugnance de l'une de ces rumeurs bizarres que chaque jour un vent apporte et qu'un autre remporte, laquelle pourtant affirmait cette extravagance, que Philippe, le cher Philippe, devait épouser la fille des Barrière. Combien, s'il avait annoncé l'horrible nouvelle, il eût contrarié l'allégresse d'Irène ! Et il était, malgré tout, heureux de sentir contre lui sa femme bien-aimée, qui depuis plus de vingt ans le soutenait de ses conseils et de ses espérances !

Quand on entra au *Château*, les odeurs de la cuisine les rappelèrent tous à l'humble réalité. Les deux voyageuses, non sans frissonner de quelque frayeur, se remémoraient la dette de 10 000 francs qu'il fallait rembourser le lendemain. Avant de se mettre à table, Irène, en mondaine de la Côte d'Azur, voulut rafraîchir un peu sa toilette. Elle monta donc à sa chambre.

Bientôt elle en descendit, parfumée, pomponnée, son gros visage blanc de poudre. Thérèse, amaigrie par la fatigue de ses promenades, se montrait indifférente aux soins de sa personne, les yeux battus, les lèvres gonflées par une moue, elle qui d'ordinaire était si vive. On eût dit que, depuis qu'elle avait touché le sol d'Agde, elle pressentait l'immense malheur qui allait fondre sur sa destinée. Néanmoins, pendant le repas, elle prit part volontiers à la conversation de sa mère, rectifiant un détail ou le complétant. Sa mère lui donnait toujours raison.

— Cette petite se souvient de tout mieux que moi. Ah ! ce voyage contribuera beaucoup à son éducation, je t'assure. Tu verras plus tard, Benoît, quand elle aura un salon, un vrai salon à elle, pour ses amis, et où ne pénétrera pas notre clientèle…

— Un salon à Agde ?

— Oui, à Agde !… Pourquoi pas !… Tu ne comprends donc pas ? Benoit, sans se fâcher, demanda :

— Enfin, tu as eu assez d'argent ?

Irène suffoqua de surprise, et ses yeux chavirèrent dans leurs lâches orbites. Thérèse baissa le nez, son long nez boursouflé, sur son assiette. Mais le malaise ne dura qu'une minute. Irène posa la main sur l'épaule de son mari, et de sa meilleure grâce le caressa :

— Oui, nous avons eu assez d'argent. Que tu es bon !

Vite, elle parla d'autres choses, dos magasins de Nice, plus beaux que ceux mêmes de Paris, et où elle aurait dépensé énormément en emplettes de toute sorte, si elle ne savait pas toujours résister aux tentations. Cependant, comme elle comptait que seule, en tête à tête avec son mari, elle aurait plus de courage pour avouer sa dette, elle engagea Thérèse, à la fin du dessert, à aller se coucher. Thérèse, contente de ne pas assister à une scène de reproches qu'elle n'avait aucun mérite à prévoir, monta incontinent à sa chambre.

Alors, Irène s'assit délibérément dans l'unique fauteuil de la pièce, tandis que Benoit, resté sur sa chaise, posa un coude sur le bord de la table. Il affecta tout de suite, par amitié, un air taquin :

— Après tant de merveilles, tu ne vas pas, ma chérie, mépriser notre modeste *Château Vert* ?

# CHAPITRE VII

— Quelle question ! Je suis ici chez moi. Tu sais que si on est bien chez le roi…

— Oui, je connais le proverbe.

— D'ailleurs, après les études que je viens de faire, nous aurons les moyens, et aussi la compétence d'édifier un établissement de premier ordre, qui rendra jaloux tous les hôteliers du littoral, depuis le Rhône jusqu'aux Pyrénées.

— Irène, je t'en supplie : pas de rêves !

— Tu n'es qu'une poule mouillée. Si je ne t'inspirais pas de mes rêves, tu tiendrais encore le pauvre *Château* de tes parents. De braves gens, je ne dis pas, mais si réfractaires à la loi du progrès !

— Pourtant, ils ont amassé une certaine fortune.

— Je ne dis pas. Mais quelle véritable fortune n'auraient-ils pas amassée s'ils avaient imité, ne fût-ce que de loin, les grands hôteliers de la Côte d'Azur !

— Oui. Et nous, malgré nos fortes recettes, nous ne mettons jamais de l'argent de côté.

— Voilà le malheur !

Elle prit sur la console son petit sac, en retira tranquillement le mouchoir, dont elle allait avoir besoin pour essuyer ses larmes. Sentant que sonnait le moment de l'aveu terrible, elle ajouta :

— Voilà le malheur : toujours des emprunts. Pas d'argent. C'est pourquoi j'ai essayé d'en gagner.

— Aïe !… s'écria Benoît, en se renversant sur le dossier de sa chaise. Qu'as-tu fait ?

Il y eut un silence. Irène soupira très fort, chiffonna le mouchoir entre ses doigts et dit :

— J'ai perdu, mon ami, une somme que…

— Malheureuse ! Combien ?

— Ce n'est pas de ma faute. J'ai rencontré, tu le sais, à Cannes, M$^{me}$ Brouilla, qui est aujourd'hui millionnaire, tandis que nous… Enfin, bref, tu te rappelles ton ami Brouilla, de la Croisette ?

— Évidemment. Après ?

— Il est mort, le pauvre.

— Oui, il est mort, Après ?

— M^me Brouilla m'a conseillé d'aller jusqu'à Monaco. Aurais-je été raisonnable de quitter la côte d'Azur sans voir Monaco ?

— Non !… dit-il, blême de peur.

— C'était notre avant-dernier jour. Je n'avais plus de provisions, ou tout juste : M^me Brouilla m'en a prêté. Elle est généreuse, si brave !

— Oui. Après ?

— Après !… Eh bien, c'est elle qui est la cause de mes ennuis. Elle m'a tellement poussée à voir le casino ! J'ai joué, comme tout le monde. Et j'ai gagné, oui, j'ai gagné.

— Ah !

— Oui, c'est ça qui a provoqué tout le mal. L'engrenage, n'est-ce pas ?

Irène pleura d'un flot, que rien ne sembla devoir arrêter. Benoît maugréa :

— Il ne sert plus à rien de te désoler.

— C'est vrai… Que tu es bon !

— Merci du compliment. Mais combien as-tu eu la faiblesse de perdre ?

— La faiblesse !… Tu devrais dire la guigne, l'infâme guigne. Ce n'était pas pour m'amuser que je tentais la chance, c'était pour vous faire du bien à tous.

— Combien as-tu perdu ?

— Hé ! mon ami, j'ai joué en grande dame, naturellement, en dame de mon rang. Après chaque coup de guigne, je comptais me rattraper…

— C'est toujours pareil. Au lieu de se rattraper, on s'enfonce davantage.

— Pechère !

Elle pleura de nouveau. Puis, le mouchoir au visage, elle gronda :

— Dix mille !

— Oh !… Malheureuse !… Nous allons à la ruine !

Elle ne répondit pas tout d'abord, sans force, baissant et relevant son buste en un rythme de pendule, qui berçait sa douleur. Les bras croisés sur sa poitrine, Benoit menaçait des yeux sa femme qui paraissait honteuse, vaincue pour toujours. Mais soudain elle arrêta son rythme de pendule, et à son tour regardant Benoit avec une sorte de défi, elle s'écria :

— Oui, dix mille !... Tu le disais justement tout à l'heure : « Rien ne sert de se désoler ».

— Sans doute, sans doute, bredouilla Benoît, qui défaillait déjà. Tout de même, à ces coups répétés du sort qu'opposerons-nous ?

— Très simple... En somme, qu'y a-t-il là d'irréparable ? Il vaut mieux une dette de jeu qu'une jambe de cassée.

— Il vaudrait mieux ni l'un ni l'autre de ces embêtements. Ce n'est pas une telle méthode qui nous permettra de réaliser ce que tu désires, la construction d'un palace à la mode.

— Qui t'a dit ça ?... Il reste encore de la place pour une hypothèque sur tes vignes... Si ! Si ! Tu es trop pessimiste. En tout cas, il faut rembourser cette dette sans retard.

Irène, ayant séché ses yeux pour la dernière fois, pour suivit sur un ton de commandement :

— Ravin consentira un dernier effort.

— Oh ! ne compte plus sur lui.

— Et son voisin, Barrière, qui est si riche, dit-on ?

À l'évocation de l'heureux horticulteur, dont le bruit public prétendait qu'il allait marier sa fille au fils des Ravin, Benoit eut un haut-le-corps.

— Quoi !... Tu es peiné que je te parle de Barrière ?

— C'est que... je ne le connais pas.

— Tant mieux. Voilà une occasion de faire sa connaissance. Il n'osera pas refuser ce service à l'ami des Ravin, et, puisqu'il n'est pas sot, il n'hésitera pas à bien placer son argent.

— Peut-être. Nous verrons ça demain. La nuit porte conseil.

Irène, soulagée de son lourd fardeau, eût accepté n'importe quelle solution provisoire. Elle remit dans son petit sac le mouchoir dont elle n'avait plus besoin ; ensuite, esquissant un geste de compassion charitable, elle dit :

— Ne sois pas si triste. Tout s'arrange, va.

— Oui, c'est ton mot.

— Est-ce que ce n'est pas vrai ?

Il fit oui d'un signe de tête et leva sur elle ses yeux doux.

— Allons, mon ami, je suis fatiguée. Je ne te montrerai pas ce soir les cadeaux que nous apportons de cet admirable pays. Il faudrait ouvrir les malles. Et puis, Thérèse n'est pas là.

— Bien ! quand tu voudras.

— Accompagne-moi jusqu'à notre chambre.

Elle l'entraîna d'une main cajoleuse. Et pas un instant elle n'eut l'idée de lui demander si pendant son absence leur commerce avait bien marché.

## CHAPITRE VIII

Le lendemain matin, dans le petit bureau de l'hôtel, Irène entretenait son mari de vains bavardages, afin d'attendre plus patiemment Thérèse. Mais Thérèse ne se décidait pas à descendre de sa chambre.

— Ma foi, dit-elle, n'attendons pas davantage. Je vais te montrer nos cadeaux. Il y en a pour tout le monde. Et c'est à toi que j'ai pensé le premier.

Irène ouvrit d'une façon précieuse un petit coffret en carton doré, et, s'emparant d'une cravate de soie, elle la fit danser au bout de ses doigts, en riant.

— Hé ! Que dis-tu de ça ?

Benoît, sans grand élan, eut néanmoins un sourire de gratitude. Quel dommage que sa femme, une si bonne amie, manquât trop fréquemment de modération et de clairvoyance !

— Ç'est trop beau pour moi, murmura-t-il.

— Veux-tu te taire !... À présent voici pour les Ravin.

Elle étala, au creux de sa large main, délicatement, des épingles de cravate en or, l'une pour Philippe, l'autre pour son père.

— Je ne me suis pas moquée d'eux, hein ! Évidemment, Ça me coûte, mais je ne dépense qu'à bon escient, n'est-ce pas ?... Et pour Eugénie, ces boucles d'oreilles.

— Oh ! oh ! très chic !...

— Seront-ils contents ?

— Certes.

— On dirait que tu n'en es pas très sûr ?

Après un silence, Benoit, dont le front roux se plissait de rides, maugréa :

— C'est que je pense à la dette de dix mille francs.

— Bah ! les Brouilla sont très riches : ils peuvent attendre quelques jours… D'abord, nous en parlerons tout à l'heure. Chaque chose en son temps… Quoi ? Qu'as-tu à m'objecter ?… Voyons, est-ce qu'un homme se laisse si facilement abattre !

— Tu en as de bonnes. Il n'y a que moi qui travaille. Et l'on dépense beaucoup trop.

— Qui : on ?… Tu n'as pas la franchise de me nommer ; seulement, c'est moi que tu rends responsable de nos difficultés. Eh bien, non ! Si tu m'écoutais, tout irait mieux.

— Je ne fais que ça : t'écouter… Bref, pour cette dette, comment nous arrangerons-nous ?

— L'ami François…

— François Ravin, non ! je te l'ai déjà dit, ne compte plus sur lui.

— Pourquoi ?…

— Parce que !… s'exclama Benoît, qui ne cessait de penser au mariage de Philippe avec la fille de l'horticulteur.

— Parce que, ce n'est pas une raison. Alors, ni Ravin, ni Barrière… Qui donc pouvons-nous solliciter ?

— Hé ! je n'en sais rien. C'est à toi de dénicher le merle blanc.

— À moi !…

Irène se mordit les lèvres, comprenant que cette fois son mari ne se laisserait peut-être pas conduire. Elle s'apaisa aussi vite qu'un enfant, se rapprocha de Benoit :

— À présent, nous sommes trop énervés pour chercher la personne charitable à qui emprunter. *Té !* Il y a une chose très urgente, c'est de téléphoner aux Ravin.

— Téléphoner ! Pourquoi ?

— Je suis encore trop fatiguée pour aller leur dire bonjour cette après-midi. Demande donc à Eugénie si elle sera demain à sa maison.

— Bien !

Benoit empoigna le récepteur. Cinq minutes après, il obtint la communication. Et la conversation s'engagea :

— Allo !… C'est vous, Eugénie ?… Oui, elles vont très bien… Allô ! Allô !… Bon ! Comme vous voudrez !… Nous ne bougerons pas du château !… Le bonjour à tous !… À demain !

Benoît, lentement, raccrocha le récepteur. Ses mains tremblaient ; son visage, placide à l'ordinaire, se contractait d'une telle angoisse que sa femme l'interrogea :

— Qu'as-tu ?

— Rien. Tu as compris les intentions d'Eugénie ? qu'elle viendra ici demain avec Philippe.

— Bizarre !… Il doit y avoir quelque chose d'important. Tu ne le soupçonnes pas, toi qui es resté ici pendant trois semaines ?

— Ma foi, non, je ne devine pas.

— En tout cas, je n'aurai pas la peine d'aller à Agde. Je me suis assez déplacée pendant ces trois semaines. Que de choses j'aurai à leur raconter ! Comme je vais les épater !

Thérèse entra d'un vol, coquette, pimpante, aussi fraîche qu'un oiseau qui sort du bain. Tout de suite elle interpella sa mère :

— As-tu téléphoné aux Ravin ?

— Oui, ton père… Eugénie tient à venir ici demain, avec Philippe.

— Tant mieux. Il me tarde de les voir. Et toi, papa, nos cadeaux, est-ce qu'ils sont à ton goût ?

— Ils sont très beaux, répondit Benoit.

— Tu ne parais pas très emballé.

— Ton père doit avoir un souci, qu'il nous cache.

— Moi, non. Pas de souci.

— Mais si, papa. Dis-le !…

Thérèse, d'un élan, se jeta sur son père, le pressa contre son cœur. À la chaleur d'une tendresse aussi agréable, il s'attendrit lui-même, au point qu'il faillit dénoncer le maudit mariage de Philippe. Cependant il eut assez de sagesse pour garder son secret, espérant encore que l'opinion publique se trompait.

Justement, on appela le patron à la cuisine. Il déguerpit en hâte.

## CHAPITRE VIII

Jusqu'au soir, il s'efforça de se tenir coi et ne parut devant sa femme que le moins possible. Le lendemain, quelle anxiété !... Ah ! mon Dieu ! Comment Irène et Thérèse, aussi autoritaires, apprendraient-elles la mauvaise nouvelle ? Plus l'heure avançait, plus il se persuadait que l'opinion publique avait raison. Après le déjeuner, il ne tint pas en place. À chaque instant, il s'en allait sur le quai guetter l'auto des Ravin.

Quel jour aimable il faisait, épanoui sur le paysage où se profilait à l'horizon du sud, au delà du littoral d'un gris d'argent délicat, dans une vapeur de lumière, le violet Canigou, roi de la Pyrénée !... Thérèse et sa mère, dans leur petit salon de famille, à côté du bureau, brodaient tranquillement des mouchoirs. Elles avaient commandé un gâteau au chef de la cuisine, lequel, sachant que M$^{me}$ Ravin le récompensait toujours d'un bon pourboire, avait soigné son travail. Elles avaient préparé une vieille bouteille de Frontignan, et parfois, en complices de rêves généreux, elles se félicitaient que la Providence leur eût réservé, dès leur retour de la Côte d'Azur, une après-midi si heureuse.

— Ils veulent sans doute nous inviter à quelque fête de charité, dit Thérèse.

— Qui sait si Eugénie n'a pas l'idée de nous parler de mariage. Car Philippe est tellement timide qu'il n'ose peut-être pas se déclarer lui-même.

— Qui sait ?

À 4 heures, elles reconnurent, au son du clakson, l'auto des Ravin qui s'arrêtait devant le *Château Vert*. Jalade courut bien vite leur confirmer l'événement ; puis, claquant la porte, il se précipita dehors. Il arriva juste au moment où Philippe offrait la main à sa mère pour descendre de la voiture.

— Bonjour ! salua-t-il, bonjour ! Comment ça va ?

— Très bien, mon ami, répondit Eugénie. Où sont-elles ?

— Au petit salon, qu'elles vous attendent... *Té !* les voilà !

On poussa, de part et d'autre, des cris de joie, de remerciements. On s'embrassa, vite, vite. Et vite, qu'on entre au salon, où l'on serait très bien pour causer. Philippe, toujours calme, se laissait presser les mains par Thérèse, toujours en effusion. Tandis que Benoit Jalade, qui resta seul debout, inquiet de la catastrophe si proche, observait les manières chaleureuses des deux mamans, lesquelles à la vérité s'affectionnaient depuis leur enfance. Irène, excitée par l'orgueil de son voyage, en racontait déjà quelque épisode. Eugénie, fort à l'aise, ôtait ses gants, ordonnât d'un doigt minutieux deux ou trois mèches de ses cheveux encore noirs, que François, son mari, lui avait défendu de couper.

— Oui, tu comprends, ce voyage nous était absolument nécessaire. J'ai vu des hôtels, qui sont de vrais palais : service impeccable, distractions du matin au soir. Tout est chic, si chic !...

Puis, avec un geste de dégoût, Irène ajouta :

— Ici nous n'avons qu'une auberge.

— Tu te calomnies, voyons !

— Oh ! nous allons modifier tout ça. Enfin, n'importe ! Eugénie, nous ne vous avons pas oubliés.

Thérèse déposa sur la table le coffre précieux en carton doré. Au milieu d'un silence profond, sa mère en retira, non sans beaucoup de soin, chacun des jolis cadeaux, les écrins enveloppés de papier de soie. Philippe et sa mère frémissaient réellement d'une émotion si forte de gratitude et de gêne à la fois qu'ils ne trouvaient pas de mots assez convenables pour remercier de tant de largesse et que, échangeant des regards furtifs, ils ne savaient plus s'ils auraient le courage d'annoncer maintenant leur mauvaise nouvelle. Mais alors quel motif allégueraient-ils d'avoir sollicité avec insistance le plaisir de se rendre, cette après-midi, au *Château Vert* ?

Thérèse épiait dans les yeux brillants de Philippe un émoi de surprise ; elle l'entourait à demi de ses bras comme par mégarde. Subitement, elle le saisit aux épaules, et, sans qu'il eût le temps de protester, elle voulut, au grand divertissement de leurs parents, essayer elle-même sur lui l'épingle de cravate qu'elle avait choisie dans le plus élégant magasin de Monte-Carlo. Philippe toléra de bonne humeur, selon son habitude, la familiarité gamine de Thérèse, qu'il allait fatalement contrister tout à l'heure. Pendant qu'il affectait de s'amuser aussi, sa mère, sur l'invitation des Jalade, attacha ses boucles à ses oreilles et se mira dans la glace ; elle déclara que jamais elle n'avait porté de pareils joyaux. Irène se récria :

— Tu plaisantes, Eugénie ! Si tu voulais, tu serais, grâce à ta fortune, la femme la plus enviée d'Agde. Tu es trop modeste.

## CHAPITRE VIII

Déjà Benoit disposait sur la table la vieille bouteille de Frontignan et le gâteau qu'il était allé chercher à la cuisine.

— Oh ! protesta M$^{me}$ Ravin, vous vous êtes dérangés ! Ce n'est pas raisonnable.

— Pardon ! répliqua Irène. Depuis si longtemps qu'on ne s'est pas réunis !... Il faut trinquer ensemble.

Thérèse, quand elle eut offert à la ronde les parts du gâteau, servit le muscat de Frontignan, vint s'asseoir auprès de Philippe, qui souffrit du contact de sa personne suppliante et passionnée. Et là, au moment où les Ravin y pensait le moins, Irène, à l'improviste, provoqua la terrible révélation :

— Depuis notre absence vous devez avoir du nouveau à nous annoncer, dit-elle.

— Ma foi, répondit d'un élan spontané, involontaire, M$^{me}$ Ravin. Ma foi oui, il y a du nouveau.

— Ah ! ah !...

— Nous marions Philippe.

— Hein ! Quoi l... Phil...

Irène, haletante de stupéfaction, se jeta d'un bloc sur le dossier de son fauteuil, tandis que Thérèse, une flambée de honte au visage, ne bougeait plus.

— Vous !... Tu maries Philippe, Eugénie ?

— Oui, répondit Philippe, très doux.

— Et avec qui, s'il vous plaît ?

— Avec une jeune fille que vous ne connaissez guère qui depuis quelque temps est notre voisine.

— Je sais !...

Thérèse s'écarta violemment de Philippe comme d'un pestiféré. Benoît allait et venait dans la pièce, n'osant regarder ni sa femme ni la mère de Philippe, qui maintenant avaient l'air de se défier l'une l'autre. C'est qu'il s'alarmait pour l'instant d'après, quand il serait seul avec Irène, de la scène injuste qu'il aurait à subir. Irène, qui voyait sa fille bouleversée, les yeux mi-clos, les mains crispées sur le menton, ne contint plus sa colère.

— Enfin, qu'est-ce que ça signifie, Eugénie ? Quelle est cette folie !

— Fous, nous autres !... Pourquoi ?... Est-ce que Philippe n'est pas en âge de se marier ? Est-ce que les Barrière ne sont pas dignes de nous ?

— Je ne sais pas, bougonna Irène.

Et Thérèse cria de toutes ses forces :

— Non !

— Non ?... Tu dis : non, petite ?... Est-ce que tu sais quelque chose de malhonnête ?... Il ne faut pas injurier si vite.

Thérèse hésita, le front dur, fixant d'un regard méchant la mère de Philippe. C'est que, malgré l'inexpérience de son âge, elle sentait la gravité d'une simple médisance à cette heure.

— Je n'injurie personne, maugréa-t-elle.

— Tout de même, repartit M$^{me}$ Ravin, je ne comprends pas votre indignation. Philippe est libre, je suppose, d'épouser qui lui plaît.

— Mais alors, riposta Irène, vous n'avez donc jamais rien compris à nos sentiments ! Nous avions toujours cru que Thérèse était réservée à Philippe. Philippe ne l'aime donc pas ?

— J'aime beaucoup Thérèse, comme une cousine, mieux : comme une sœur, déclara Philippe. Et je suis désolé de lui faire de la peine. Certes je me doutais parfaitement qu'elle se grisait de beaux rêves, mais je n'y pouvais rien. Et devais-je brutalement l'en dissuader ? J'ai eu tort peut-être, je le vois à présent. Mais aurais-je jamais eu le courage de la repousser ? Ma foi, non.

— Nos deux familles sont tellement unies que le rêve de Thérèse, le nôtre aussi, était bien légitime, Eugénie.

— La nature, ma pauvre Irène, est plus puissante que tout. Et vraiment, il n'y a pas dans cette occasion de quoi se brouiller.

— Non, pardi ! Seulement ce ne sera plus la même chose.

— Tu te trompes, répliqua Eugénie qui voulut finalement, devant d'absurdes récriminations dont elle prévoyait déjà la vilenie croissante, affirmer une autorité suprême. Tu te trompes. Nous avons trop d'intérêts communs pour rompre sans motif raisonnable nos relations.

— C'est vrai. Vous avez toujours été de bons amis.

Il y eut un silence. Irène tapotait fébrilement ses genoux, se balançait d'une manière enfantine sur le bord de son fauteuil, comme pour endormir sa douleur. Eugénie se mouchait sans cesse, sans ôter les yeux de son verre de Frontignan. Philippe, satisfait que la mission d'annoncer son mariage fût accompli, se demandait comment prendre congé. Thérèse, qui était debout, croisait les bras, fière de posséder un secret terrible qu'elle ne consentait pas à révéler maintenant. Benoit, de l'autre côté de la table qui le séparait de Philippe et de sa mère, s'arrêta de marcher. Pour plaire à sa femme, il fit entendre sa voix insinuante. Il avait tant d'intérêts à ménager ! Il pensait aussi aux dix mille francs de la Côte d'Azur, une lourde dette que probablement sa femme oubliait.

— Tout cela est regrettable, dit-il. Quelle catastrophe pour notre Thérèse, qui vous aime tant ! Pauvre victime !

— Victime de quoi ? Nous n'avons jamais fait de mal à personne. Au contraire.

L'entretien s'aigrissait davantage. De sorte qu'au lieu de ramener à une réconciliation, ce maladroit de Jalade avait jeté de l'huile sur le feu. Tout à coup, comme M$^{me}$ Ravin se levait pour faire ses adieux, Thérèse avec emportement, cria :

— Si vous m'aimez de cette manière, merci !

— Ma petite, voyons. Il y a là une fatalité.

— Vous me préférez à la fille de cet homme !… Ah ! si vous les connaissiez !

— Parle !… Il est temps encore.

— Parle donc ! insista Philippe, dont la rudesse étonna.

Thérèse les menaça l'un et l'autre du regard, et, gonflant de mépris ses lèvres charnues, elle jeta :

— Je ne parlerai pas. Pas aujourd'hui… Bonsoir !…

D'un vol, elle disparut. Au milieu d'un silence lugubre, M$^{me}$ Ravin soupira :

— Quelle enfant !… Il faut lui pardonner.

— Oui, tu peux le dire, Eugénie, gémit Irène. Elle est malheureuse. Enfin, tant pis ! Il n'y a qu'à s'incliner.

M$^{me}$ Ravin, résolue à ne plus répondre à des plaintes, toujours les mêmes, et bien inutiles, trahit quelque embarras :

— Je pense que nous ne sommes pas brouillés. Autrement, il nous serait impossible d'accepter ces cadeaux.

— Par exemple !… se récrièrent les Jalade. Ils sont offerts de bon cœur.

— Nous n'en doutons pas. Ainsi donc nous les acceptons de bon cœur. Et merci. Vous êtes trop généreux. Allons, au revoir !

Les deux mamans s'embrassèrent, non sans quelque malaise qui troublait leurs réels sentiments d'affection.

— Tu embrasseras ta petite pour moi, Irène.

— Pour moi aussi, dit Philippe. Ah ! quelle misère !...

Les Ravin gagnèrent à la hâte leur auto, où Jalade seul les accompagna. Dès que la voiture eut démarré, M$^{me}$ Ravin interrogea son fils :

— Eh bien, que penses-tu de cette algarade ?

— Je n'en suis pas surpris.

— Ni moi. Ils se nourrissaient de si magnifiques rêves depuis si longtemps. À vrai dire, Thérèse ne convoite pas la fortune. Elle t'aime bien... Mais ses parents ! Ils n'étaient pas fâchés de nous donner leur fille et de trouver dans son mariage le moyen, sinon d'éteindre leurs dettes, au moins de recouvrer leur tranquillité.

— Je me reproche d'avoir, vis-à-vis de Thérèse, usé de ménagements.

— L'orage se dissipera sans doute. Mais chez eux quelle rancune ! Il faudra se méfier, peut-être pas pour nous. Pour Mariette, pour ses parents. Qu'a voulu insinuer Thérèse à propos de M. Barrière ?

— Bah ! des mots en l'air. En tout cas, si les Barrière sont d'une origine modeste, nous aussi. Thérèse, qui a la langue bien pendue, a un toupet du diable. Si par hasard elle effleure de la moindre médisance la personne de Mariette, je ne lui pardonnerai pas.

— Ne nous montons pas la tête, nous autres, comme ont fait ces toquées du *Château Vert*.

— Je souhaite certes que Thérèse soit heureuse dans la vie, mais elle ne le sera pas. Elle ne comprend rien à la réalité des choses, et, dépourvue d'une bonne éducation, elle s'abandonne à ses caprices, comme une girouette au vent qui passe.

— J'ai peur que tu n'aies mille fois raisons.

## CHAPITRE IX

Thérèse, ayant de la fenêtre de sa chambre vu l'auto des Ravin repartir pour Agde, descendit dare-dare chez ses parents. Elle y fit irruption, en claquant la porte criant :

— Les voilà en route ! Ce n'était pas trop tôt. S'ils s'imaginent qu'on va laisser passer ça !

— Que feras-tu ? lui demanda son père.

— Je dirai à tout le monde que Barrière est un voleur.

— En es-tu sûre ?

— Pourquoi non ! maugréa la mère.

— Toi, tu ne penses plus à ce que nous devons aux Ravin.

— Ce que je m'en moque, ricana Thérèse.

— Tu t'en moques, gamine. Eh bien, pas moi. Je ne veux pas, je ne peux pas me brouiller avec mes amis… Et, tais-toi !…

On n'avait jamais vu le faible Benoit en pareil courroux. C'est qu'il était probe, loyal, pas sot du tout, et qu'à la fin il s'indignait du désordre de ses femmes, qui le conduisaient fatalement à la ruine. Devant son audace elles restèrent d'abord ébahies. Même, il osa, les poings levés, marcher sur sa fille, qui recula jusqu'au mur, en abritant sa tête de ses bras. Irène, aussitôt, ressaisit le sentiment de son autorité.

— Que vas-tu faire, Benoît !

— Thérèse mériterait une bonne gifle, pour insulter des amis aussi méchamment, et moi avec eux.

— Des amis ! Parlons-en… Est-ce que notre fille n'est pas digne du seigneur Philippe Ravin ?

— Il n'est pas question de dignité. Philippe est libre d'agir à sa guise.

— Non !… Il n'aurait pas dû laisser à Thérèse l'illusion… D'ailleurs, ce mariage n'aura pas lieu.

— Pourquoi ?

— Parce que les Barrière ne valent rien du tout.

— Tu calomnies facilement.

— Moi ! Tu ne me connais donc pas ? Je suis une honnête personne, et j'entends que tu me respectes.

— Pas de grands mots, Irène. Voyons, qui t'a dit que Barrière ne vaut rien du tout ?

Thérèse vivement releva le front.

— Moi, je le dis !... Micquemic m'a raconté...

— Micquemic !... Un ivrogne !...

— Un ivrogne n'est pas forcément un menteur.

— Qui sait si un jour nous n'aurons pas besoin de Barrière !

— Nous, avoir besoin de Barrière !... Et toi, Thérèse, ce n'est pas parce que tu n'épouses pas Philippe que tu ne trouveras plus de mari.

— J'espère bien que j'en trouverai, et de premier choix ! mais, dans l'intérêt de Philippe, j'ai le devoir de le renseigner.

— Allons, suffit ! Je n'ai rien à attendre de votre bon sens.

Benoit s'effondra sur une chaise, et prenant sa tête entre ses mains, il se balança de droite à gauche.

— Eh bien ! dit Thérèse, si vous ne me croyez pas, moi, que maman vienne demain chez Micquemic, elle verra bien.

— C'est ça, petite, je viendrai.

Le lendemain, par un éclatant soleil, presque un soleil d'été à cette heure d'après-midi, M$^{me}$ Jalade et sa fille s'acheminèrent, en costume de campagne, sandales et chapeau de paille à larges ailes, le long de la plage déserte, sur le tapis de sable que caressaient les vagues bleues frangées d'écume. Avant le « Bras de Richelieu », qui s'élance droit dans la mer, elles grimpèrent d'un pied vaillant la coulée de laves, jusqu'au-dessus du poste de la douane.

Micquemic ne se trouvait pas chez lui, dans son humble logis de bois enduit de goudron. La femme, Julia, un peu abasourdie par l'imprévu de cette visite, offrit la chaise à M$^{me}$ Jalade, l'escabeau à Thérèse.

— Mademoiselle, depuis l'autre jour, vous n'êtes pas revenue, dit-elle sans ambages. Ce n'est pas bien.

— Excusez-moi. Nous rentrons d'un long voyage.

— À présent, si vous êtes là, c'est que vous avez besoin de quelque chose !

— Je l'avoue, répondit Thérèse d'une voix mielleuse. Vous vous souvenez : Micquemic nous a raconté l'autre soir l'histoire de M. Barrière, l'horticulteur, qui s'était enrichi en volant une cassette remplie d'or.

Julia, qui était une comédienne de premier ordre, comme tant de commères, fit une grimace de stupéfaction :

— Une cassette ?... de l'or ?... Mais il n'y a plus de louis d'or depuis longtemps !

— Depuis la guerre, oui... Mais il s'agit du temps où M. Barrière était tout jeune. Il y a plus de quarante ans.

— Oh ! quarante ans ! Tout le monde a oublié.

— N'importe. Micquemic a-t-il dit vrai, oui ou non ?

Julia, d'une main incertaine, renoua le foulard de laine noire qui lui recouvrait le crâne et la nuque.

— Si c'est vrai, bredouilla-t-elle, mon homme vous le dira.

— Pourtant, vous l'avez entendu comme moi. Vous devez l'avoir entendu souvent.

— Mademoiselle, moi aussi j'oublie. Vous savez, dans notre misère, que personne ne nous vient en aide, J'ai assez de soucis. Pas le sou. Je ne sais pas comment on arrive à se tirer d'affaire. Ah ! c'est que le bon Dieu qui nous estime a pitié de nous.

Irène devina sans peine l'intention de chantage. Thérèse, qui était trop jeune pour admettre autant d'astuce chez une pauvresse, déclara d'un ton péremptoire :

— Malgré tout, je ne me gênerai pas de répéter ce que m'a appris votre homme, et de dire que c'est lui qui me l'a appris.

— À votre aise, mademoiselle. Qu'est-ce que ça peut nous faire ? Nous n'avons rien à perdre. On ne se gênera pas non plus, pour répondre, s'il le faut, que c'est vous qui l'avez inventé.

— Oh ! protesta Thérèse, dont le ferme visage s'assombrit encore. C'est trop fort !... Si votre mari était là...

— Té !... Je l'entends.

On garda le silence pour écouter un pas lourdaud qui montait le sentier zigzaguant sur les roches. Et dans le cadre de la porte, Micquemic, poisseux, presque violet de la piqûre des embruns, apparut, un cabas à la main. Devant les dames du *Château Vert* il eut un sourire d'enchantement.

— Bonjour !... Par exemple !...

Il s'assit sur la pierre de l'âtre, le cabas à ses pieds, et admira comme de belles images les dames attentives, qui avaient un air de prière.

— Ça va bien, mademoiselle ?

— Oui. Et vous ?

— Moi, je viens de la mer, toujours la mer, notre grande nourrice. Je n'en rapporte rien que des moules, que j'ai arrachées au Roc. Les pécheurs d'Agde, c'est pas possible, chipent tout le poisson... Alors, ça va, maintenant ? Vous n'avez plus de chagrin ?

— Si, justement ! répondit Thérèse, dont une moue gonflait davantage les lèvres. Vous vous rappelez ce que vous m'avez raconté de M. Barrière ?

— Qu'est-ce que je vous ai raconté ? se récria Micquemic, en crispant sa face parcheminée aux yeux pointus.

— Vous m'avez dit, articula courageusement Thérèse, qu'au temps d'autrefois, où vous étiez maçon avec M. Barrière, il a volé dans un château, sous un escalier, une cassette remplie de pièces d'or.

— Je vous ai dit ça !... Et vous irez le répéter ?... Oh ! non...

Devant un tel cynisme, Thérèse demeura bouche bée, les bras ballants. Sa mère, suffoquée de surprise, se demanda si son enfant, dans la violence de son dépit amoureux, ne subissait pas quelque hallucination, Micquemic cependant persévérait dans son mensonge.

— Mademoiselle, je ne vous ai jamais rien dit.

— Ces choses-là, mon Dieu, ne s'inventent pourtant pas, avec tous les détails que vous m'avez donnés. Faut-il que Je vous les rappelle ?

— Pas la peine. La vie est assez compliquée sans que je la complique à cause de vous. Ainsi, répétez tout ce que vous voudrez. Je ne suis qu'un gueux à la parole de qui personne ne croit.

— On croira, du moins, à ma parole.

— Ce n'est pas sûr. *Té !...* Allons !...

Et, dans un nouvel élan de cynisme, il découvrit sa pensée profonde :

— D'abord, qu'est-ce que ça me rapporterait ?

M^me Jalade répondit du tac au tac :

— Pour confirmer devant le monde, à l'occasion ce que vous avez raconté à Mademoiselle, quelle récompense désirez-vous ?

— Ça vaut cher, un service pareil.

— Dites un prix.

Micquemic consulta du regard sa femme, toujours méfiante, mais qui, ayant peur de se compromettre dans aventure, détourna la tête. Alors, il lâcha un chiffre qu'il supposait inaccessible :

— Je risque gros. Barrière viendrait me chercher querelle, me tuer peut-être... *Bé !*... Ça vaut une centaine de francs.

— Comme vous y allez !.., répliqua M^me Jalade, feignant une grande peine, mais au fond soulagée de son anxiété devant ce chiffre qui, pour ses mains généreuses, se réduisait à peu de chose.

Elle essaya, néanmoins, de marchander, par précaution afin que le gueux n'élevât point ensuite ses exigences. Mordicus il maintint son prix, que l'on fut obligé d'accepter.

— Vous viendrez au *Château Vert* toucher vos cent francs.

— Demain !

Julia, qui de nouveau tracassait le nœud de son foulard sous le menton, éclata de rire. Micquemic aussi. Jamais un si doux soleil n'avait illuminé leur masure. M^me Jalade et sa fille, que troublait, malgré tout, la honte de s'attacher par la complicité d'un véritable crime ces deux sauvages, se retirèrent sans délai, au milieu de congratulations tapageuses.

La mer, déserte, resplendissait encore d'étincelles d'or, comme le ciel. Mais un vent froid passait dans l'étendue, vers les Cévennes, où de fins nuages blancs se teignaient déjà de pourpre. Elles marchaient d'un pas rapide le long des vagues, bras à bras, en se serrant l'une contre l'autre. Sur le quai de l'Hérault, il n'y avait personne. Cela leur parut d'une augure favorable, que personne ne pût surprendre le moindre indice de leur méchant complot.

Au *Château*, Benoît boudait toujours, dans le petit bureau, dont il avait soigneusement fermé la porte, afin de se consoler de ses misères dans le recueillement. Lorsque Irène, avec l'enthousiasme de son esprit crédule, lui eut exposé le succès de sa démarche auprès de Micquemic, il grommela :

— Vous avez commis une mauvaise action, et maladroite, nous en serons punis.

— Allons donc ! Tu n'es jamais content, toi.

— Nous serons brouillés avec les Ravin. Et toi, Thérèse, tu n'auras pas davantage Philippe. Pourquoi ne pas nous résigner bravement à l'inévitable ?

— Moi, je ne sais pas me résigner, déclara l'altière Thérèse.

— Les Ravin reculeront devant le scandale de la malhonnêteté des Barrière, ajouta Irène. Et ils nous reviendront, j'en suis sûre.

— Oui, tout s'arrange, n'est-ce pas ?

— Certainement !

— Par vos maladresses, vous aggraverez vos ennuis. Et puis, quoi ! Est-ce possible que les Jalade s'associent à M. Micquemic ? Pourvu qu'il ne vous trahisse pas !...

— Il s'en gardera bien. Son intérêt n'est-il pas de nous rester fidèle ?

Jalade haussa les épaules, et trop malheureux pour discuter davantage, il s'en fut dans la cuisine.

Le lendemain, Thérèse, impatiente de répandre le poison de sa vengeance, partit en auto pour Agde, sous le prétexte de s'y occuper d'une toilette. C'était dix heures. Le marché aux poissons battait son plein, à l'ombre des vieux platanes, sur la riante placette de la « Marine » que longe, contre le quai de la cathédrale, le large cours de l'Hérault où stationnent les tartanes balourdes, encapuchonnées de bâches multicolores.

Parmi le va-et-vient des ménagères qui, dans les corbeilles des éventaires, examinaient maquereaux, rougets, daurades et sardines, Thérèse eut tôt fait de remarquer une de ses amies de pension. Celle-ci, plus âgée, et que sa bonne accompagnait, était mariée depuis peu.

— Et comment vas-tu, Thérèse ?

— Bien. Et toi ?

— Parfait... À présent, c'est toi qui fais le marché ?

— Non. Je suis attendue chez ma couturière. J'ai voulu, en passant, me rendre compte des prix.

Thérèse ne savait comment aborder l'histoire de Barrière, lorsque son amie, non sans quelque malignité, la provoqua aux confidences :

— Dis-moi, Thérèse, c'est donc avec M^lle Barrière que Philippe se marie ?

— Il paraît.

— Si quelque chose étonne, c'est bien ça. Vous étiez, les Jalade, tellement liés avec les Ravin que tout le monde aurait juré que ton mariage avec Philippe était décidé depuis toujours.

— Évidemment, mais son mariage avec M^lle Barrière n'est pas encore fait.

— Ah ! Pourquoi ?

— Parce que… Heu !… Chut !… On pourrait nous entendre.

Et doucement, avec des airs de mystère, Thérèse distilla son poison :

— Quand on saura chez les Ravin de quelle tache est souillée la fortune de Barrière, ils renonceront à lui donner Philippe.

— Oh ! qu'est-ce qu'il y a donc ?

— Chut ! Ne parle pas si fort. Je ne veux pas qu'on m'accuse d'une vilenie.

— À moi, tu peux me dire la chose. D'ailleurs, on l'apprendra bien toujours, d'une façon ou d'une autre.

— Ça, c'est vrai. Eh bien ! je te le dis, à toi : Barrière, quand il était jeune, et qu'il faisait le métier de maçon, a volé dans un vieux château une cassette remplie de pièces d'or.

— Oh ! ce n'est pas possible ! Comment serait-on resté si longtemps sans le savoir !

— Ce serait trop long de t'expliquer pourquoi on n'a jamais soupçonné Barrière d'une pareille action. Et puis, dans une ville comme la nôtre, on oublie si vite !

— Enfin qui t'a appris ça, à toi ?

— C'est Micquemic qui l'a dit à maman.

— D'un tel individu ça n'a pas d'importance. Personne ne le croira.

— *Té !* Tu soutiens les Barrière ?

— Ma foi, non. Je ne les connais pas.

— Au moins, ne répète à personne que c'est moi qui…

— Non. Toutes ces médisances, après tout, ne m'intéressent pas. Allons, adieu !

Et l'amie de pension, rappelant sa bonne que tout à l'heure elle avait éloignée dans un groupe de ménagères, se dirigea subitement vers les corbeilles de coquillages. Thérèse, déconcertée un moment, sortit de la marine pour entrer dans la ville aux maisons noires, la plupart délabrées par les intempéries, solides pourtant, bâties de lave. Dès les premiers pas, elle aperçut au seuil de sa boutique une brave femme, nommée Valentine Bourret, ancienne domestique au *Château Vert*, qui avait préféré s'établir crémière à Agde que de rester au service du monde.

Valentine, à la vue de M$^{lle}$ Thérèse, qu'elle avait jadis dorlotée tant de fois, s'exclama :

— *Té !* De si bon matin !… Où allez-vous donc ?

— Chez ma couturière.

— Ah ! bon ! Toujours de jolies robes, les plus jolies du pays, et vous savez ce qu'on m'a appris ? M. Philippe qui se marie avec la demoiselle des Barrière !… Ça ne vous étonne pas ?

— Si, diantre. Beaucoup. Oh ! mais…

De nouveau et dans les mêmes termes qu'à son amie de pension, Thérèse rabâcha son odieux commérage. Mais, chut ! chut !… Il ne fallait rien répéter. On croirait qu'on est jaloux au *Château Vert*. Après quoi, Thérèse reprit son chemin, tandis que Valentine lui souhaitait bonne chance à l'essayage de sa toilette.

— Soyez toujours la plus gentille, mademoiselle.

Vers midi, Thérèse n'avait pas regagné son auto pour s'en retourner au Grau que sa calomnie ricochait de boutique en boutique, s'insinuait dans les ateliers, dans les cafés, partout, courait au milieu des rues, comme des ruisseaux de la ville qui un jour d'orage roulent de la boue et des immondices.

## CHAPITRE X

Personne n'avait, depuis huit jours, osé informer M. François Ravin, dont chacun respectait la probité et la puissance, de l'ac-

## CHAPITRE X

cusation terrible qui frappait son allié de demain, M. Barrière. Ce fut l'un de ses tonneliers, excellent homme, qui, dans l'intérêt des deux familles, apprit à son patron la mauvaise nouvelle au moment où celui-ci, toujours le dernier à la besogne, fermait son bureau. Ravin s'empressa de la rapporter chez lui, à sa femme et à son fils, qui se réchauffaient devant la cheminée de leur boudoir. Philippe ne s'en montra guère ému. Il lança doucement une bouffée de sa cigarette et dit :

— C'est de la sottise. Il ne faut pas y faire attention.

— Tu as raison, mon fils, approuva M^{me} Ravin, qui, fortement carrée dans un fauteuil, secoua ses robustes épaules. Ce sont les Jalade qui ont dû inventer une histoire de ce calibre ! Ah ! ces amis qui nous doivent tant de reconnaissance !

— Et tant d'argent ! ajouta M. Ravin.

— N'accusons personne sans avoir la moindre preuve.

— Tu es la sagesse même, Philippe. Remarque, toute fois, que les Jalade, depuis que nous leur avons annoncé tes fiançailles, n'ont plus donné signe de vie.

— Oui, cela est troublant. Eh bien ! si de leur propre mouvement ils se retirent de notre amitié, ce sera tant pis pour eux.

— Ce qu'il y a de curieux, mais d'assez ordinaire, c'est que la première victime de la calomnie, notre ami Barrière, ne la soupçonne pas le moins du monde… *Té !* J'irai ce soir au Cercle tâter l'opinion des uns et des autres.

Le Cercle des négociants se trouvait dans le site le plus pittoresque d'Agde, non loin de la cathédrale-forteresse, qui, du haut de ses murailles rougeâtres et sombres, comme brûlées par un incendie, domine la riche plaine de l'Hérault couverte de vignes et d'olivettes, parsemée de cités et de villages, jusque très loin, au pied des Cévennes. Un balcon du Cercle surplombe la terrasse du Grand Café, en retrait de la place où débouche le pont suspendu ; un autre balcon-galerie de bois, enguirlandé de chèvrefeuilles, prolonge ses vingt mètres de parquet au-dessus de l'Hérault, dans la lumière ou les ombres de l'espace.

Les portes-fenêtres étaient soigneusement fermées, ce soir. Car il faisait très froid. Un feu de coke brûlait dans la cheminée profonde.

À cette heure d'avant dîner, il ne venait pas beaucoup de clients au

Cercle. Cependant, à peine Ravin s'était-il installé à un guéridon de marbre, seul, pour feuilleter L'*Illustration*, qu'il remarqua, non loin de lui, installés à une table de jeu où ils jouaient à la manille, quatre de ses confrères en négoce qui échangeaient par intermittences, d'une voix chuchoteuse, des propos empreints d'amertume. Ravin n'attendit pas longtemps, pour surprendre le motif de leur conversation, que sa présence avait interrompue un moment, et que ranimait l'étrange besoin d'occuper, par des bavardages autour d'un drame de famille, une heure de loisir. Ravin ne put contenir son impatience. Il s'avança jusqu'aux quatre joueurs de manille, et simple, sans geste, il leur demanda :

— Pourquoi accusez-vous d'une chose abominable mon ami Barrière ?

— Pourquoi ?... répondirent-ils en chœur. Mais parce que tout le monde l'accuse !

— Avez-vous la moindre preuve ?

— Il parait que Micquemic, quand il était jeune...

— Quoi ! Vous accordez du crédit à ce besogneux, à cet ivrogne ? Barrière, comme tous les favorisés de la fortune, comme la plupart d'entre nous, compte pas mal d'envieux, qui sont tout prêts à devenir des ennemis. Et il est si facile, peut-être même si agréable, de dauber sur un homme, qui a le tort de ne pas se mêler à la société de notre ville. Mais c'est lâche de l'accuser ainsi, sans le moindre commencement d'une preuve. Je vous assure d'ailleurs, qu'il ne se doute même pas de l'outrage qui lui est fait.

— Allons donc !

— Voilà !... Vous ajoutez foi sans hésitation aux plus sinistres commérages, et vous ne daignez pas admettre qu'un honnête homme vive tranquillement chez lui, dans le sentiment de son honnêteté. Pourtant, vous êtes des gens sérieux, des négociants avisés, ayant une longue expérience des hommes et des affaires.

— Bah ! Ravin, on comprend que pour vous cette révélation d'une action si ancienne de M. Barrière soit une chose cruelle. Vous ne la méritez pas. On vous plaint, mais, que diantre ! il est bon de démasquer les imposteurs qui nous trompent. Voyons, cette histoire de la cassette, ça ne s'invente pas !

— Rien à faire donc avec vous, messieurs. Tant pis ! N'insistons pas. Quand la vérité éclatera au grand jour, j'espère que vous éprouverez quelque remords. Hélas ! ce sera trop tard !

— Ah ! Ravin, vous allez trop loin !

Ravin, sans répondre, les enveloppa d'un geste de dédain et disparut.

Le lendemain soir, prétextant une abondance de travail, il laissa Philippe, à la fermeture de ses bureaux, rentrer seul à la maison. Ensuite, par un élan de générosité, il s'en alla informer Barrière du danger qui le menaçait. Car la légende, une fois qu'elle est enracinée au cœur d'un peuple, est si difficile à extirper !

Quand il eut, au delà de l'Hérault, traversé la place où débouche le pont suspendu, il descendit le boulevard qui amène à la promenade et, dans la direction du Cratère et du Cap, il gagna le vieux chemin de campagne, au lieu de se diriger vers la haute grille de sa propriété. Dans le vieux chemin pétri de rocailles, déchiré d'ornières et bordé de murs laids que par endroits ourle la mousse, à l'avant-dernière porte, si modeste en son cadre de briques rouges, il s'arrêta.

La bonne, qui depuis vingt ans servait les Barrière, vint lui ouvrir. Un flot de lumière éclaira des corbeilles de fleurs, des groupes de volumineux vases de grès, une serre aux glauques carreaux. Par une allée pavée de briques jaunes et rouges, la bonne la conduisit à la maison, logis d'ancien temps, restauré avec un goût de pittoresque et de confort.

— C'est à M. Barrière seul que je désire parler. Et je souhaite que ces dames ne sachent rien de ma visite.

— Oui, monsieur.

Elle conduisit M. Ravin jusqu'au fond d'un large couloir à une petite porte rencoignée dans l'épaisse muraille. C'était là le cabinet de travail réservé à l'horticulteur, qui s'y plaisait tant. Dès que le jour ne lui permettait plus de se consacrer à son domaine, Barrière venait s'asseoir à sa table d'étude, se pencher sur des catalogues et sur des livres, dont la bibliothèque vitrée enveloppait à demi la pièce vaste et sourde. Là, dans le silence de la nuit et de la campagne, à la lisière de la vieille ville bourdonnante, quelle jouissance il éprouvait de découvrir chaque fois des notions nouvelles, qui enrichissaient son savoir davantage ! Il s'appliquait avec ferveur à connaître les origines, les exigences, les misères des plantes de son pays, et des plantes susceptibles de s'acclimater sur le littoral : il cherchait avec amour par quels moyens les rendre plus belles ou plus étranges, varier leur allure et leur couleur de vivantes merveilles du bon Dieu.

Tout à coup, quand la porte s'ouvrit, il tressaillit de surprise, et, dissimulant malaisément un certain ennui, il écarta son fauteuil de la table. Mais, à la faible clarté de sa lampe à huile, il reconnut M. Ravin, dont le maigre visage, étincelant de franchise, souriait. Aussitôt, lui aussi, se mit à rire, et il tendit ses mains calleuses.

— Je vous dérange, monsieur Barrière ?

— Vous, jamais. Est-ce qu'il y a du nouveau ?

— Oui, et qui vous intéresse personnellement. Aussi, ai-je voulu ne m'adresser qu'à vous. Même, je souhaite que ces dames ne sachent rien de ma visite ici.

— Diable !... Il n'y a rien de triste au moins ?

Ces manières cérémonieuses intriguaient un peu Barrière, qui, ayant avancé un fauteuil pour Ravin, ne bougea plus, fort attentif.

— M. Barrière, on parle beaucoup de vous.

— De moi !

— On ne vous gâte pas.

— À quel propos ?

— Il faut que je vous en informe tout de suite. Nous ne sommes plus des enfants, n'est-ce pas ? On raconte une histoire d'autrefois, quand vous étiez maçon...

— Ah ! que j'étais jeune ! Et vous n'aviez pas alors, monsieur Ravin, le moindre souci de l'humble escargot que j'étais.

— On raconte, — excusez-moi, il faut que vous sachiez tout, pour que vous puissiez vous défendre, — qu'un jour, dans un château, vous avez découvert sous un escalier une cassette remplie d'or, et que vous l'avez dérobée.

— Moi ! une cassette !

Barrière, les yeux grands ouverts, se hérissait d'étonnement.

— Et l'on ajoute que c'est grâce à cette fortune que vous avez pu vous établir maraîcher.

— Quel roman ! Et sot ! Et bête !... Alors mes camarades ne m'ont pas dénoncé ?

— Non. Vous avez pensé que personne ne vous avait surpris. Mais aujourd'hui un homme se vante d'avoir assisté à la découverte de la cassette ; seulement il prétend qu'il n'a pas eu le courage de vous dénoncer sur l'heure. Puis, le temps a passé.

— Quel est ce paltoquet ?

— L'un de vos camarades du chantier, Micquemic.

— Voilà un fainéant à qui je n'aurais jamais songé. Effectivement, nous avons quelquefois manié le mortier ensemble.

Et portant la main à son front, Barrière poursuivit :

— Ce fainéant n'aurait jamais trouvé seul une pareille histoire. Je vous dirai donc quelque chose dont je ne parle jamais, que savent très bien les vieux maçons, et qui a dû donner le branle à l'imagination de Micquemic. La chose remonte très loin, à la Révolution de 89. Le marquis de Sérignan, au début de 1790, émigra ainsi que plusieurs seigneurs de la région. Mais, sûr qu'il était de revenir bientôt, et soucieux de ne pas exposer son argent aux hasards de ses pérégrinations, il le confia au père de mon grand-père, qui était maître maçon. Où le cacher ? Mon aïeul ouvrit dans l'écurie, sous la crèche, un grand trou, où il serra une cassette remplie de louis d'or, et qu'il mura d'une pierre. La famille du marquis ne tarda pas à le rejoindre à l'étranger. Puis, dix ans après, la bourrasque se dissipa tout à fait. Le marquis revint à Sérignan avec sa famille. Mon aïeul aussitôt courut chez lui.

Il descella non sans peine l'énorme pierre du coffre-fort bizarre, d'où l'on retira une cassette. Jamais, malgré les instances du marquis, il n'accepta la moindre récompense. Il n'avait fait que son devoir... Voilà, monsieur Ravin, l'histoire véridique qui certainement a fermenté dans la cervelle de ce propre à rien de Micquemic.

— C'est un roman aussi, mais combien pathétique, tout à l'honneur de votre nom. Pourquoi ne l'avez-vous jamais dit ?

— Je n'en ai pas besoin. Ce n'est pas moi d'ailleurs qui ai accompli cet exploit, si exploit il y a. La famille de Sérignan en garde toujours le souvenir. Elle est pour moi, pour les miens, aimée de l'affection la plus fidèle. Seulement, ayant gardé aussi le mauvais souvenir d'Agde à cette époque de tempêtes, elle a quitté le littoral, pour se fixer loin d'ici, en Gascogne.

— Le malheur, voyez-vous, c'est que les gens du peuple ne réfléchissent guère et croient plutôt au mal qu'au bien. Ne vaudrait-il pas mieux arrêter des rumeurs qui vous calomnient ?

— Non, laissez jaser le pauvre monde. La vérité s'imposera un jour ou l'autre.

— Vous avez tort. Il faut arrêter le mal tant qu'on le peut.

— Que vous fait cela, voyons ! Vous n'y croyez pas peut-être ?

Tandis que Ravin avec amitié lui posait les mains sur un genou, Barrière redressait le front fièrement, sa rouge figure aux traits bouleversés soudain, aux yeux pers qui s'enfonçaient davantage dans leurs orbites fripées.

— Ne vous fâchez pas, monsieur Barrière. Si j'insiste, c'est que votre femme, votre enfant, quand elles apprendront…

— Elles seront aussi indifférentes que moi à un tel outrage. Il est indigne de moi que je m'en défende.

— Tant pis ! Vous avez tort, mais mon devoir n'était-il pas de vous renseigner.

— Certes ! Et je vous remercie, un homme renseigné en vaut deux.

Barrière, qui avait recouvré son calme, reconduisit Jalade sans bruit, par le couloir. Sur la porte du chemin, il lui pressa les mains longuement :

— Rassurez les vôtres, s'il en est besoin. Moi, cette sottise ne m'empêchera pas de dormir. Tenez, je n'en dirai même pas le moindre mot à cet imbécile de Micquemic : ce serait lui faire trop d'honneur.

Dans la nuit, par le chemin désert, M. Ravin regretta de nouveau que Barrière ne consentît point à manifester la moindre protestation. Et qui sait si dans un pli de sa conscience ne se glissait pas le soupçon affreux qu'il pût y avoir une faute irréparable dans le passé du père de Mariette.

Chez lui, sa femme et son fils l'attendaient avec impatience. Il ne rentrait jamais aussi tard, au moins sans avoir prévenu. C'était presque l'heure du dîner.

— Enfin, d'où sors-tu ? lui demanda sa femme.

Il parcourut le boudoir de long en large d'un pas saccadé ; et pourtant il répondit sur un ton de bonne humeur :

— Je me suis encore arrêté au Cercle pour savoir si l'on parle toujours du vol de la cassette. On n'en parle plus du tout. Est-ce oublié ? Je le pense.

— Qu'on dise ce qu'on voudra, mon père. Nous savons que les gens ont beaucoup de goût pour la médisance. Quant à moi, rien ne m'empêchera d'épouser Mariette, qui est aussi belle qu'instruite et distinguée.

— Parbleu ! conclut M$^{me}$ Ravin, aisément satisfaite.

Ravin regardait le feu de bois dansant entre les parois de la cheminée de marbre blanc. Il s'était promis de ne pas révéler la visite qu'il venait de rendre à Barrière, et, se félicitant de son courage, il admirait en silence le courage plus difficile de Barrière, qui n'opposait au démon de l'injure que son dédain.

Après dîner, Philippe s'en alla chez les Barrière faire sa cour à Mariette. On le recevait à la bonne franquette dans la salle à manger, dont un côté, qui était un vitrage colorié, donnait sur le jardin… Des tableaux, nature morte, marines, scènes de chasse et de pêche, décoraient les murs ; un paillasson d'osier recouvrait le tapis écarlate.

Barrière profitait de cette heure de repos pour lire son journal ; sa femme s'occupait à des travaux d'aiguille. Mais que de fois elle levait les yeux vers les deux enfants qui parlaient bas ou riaient, discrètement ! D'ailleurs, Mariette ne restait pas longtemps inactive. La bonne apportait sur un plateau du tilleul, des tasses, la bouilloire, aussi bien pour les parents de Mariette que pour elle et pour Philippe, lequel, attentif aux soins de sa santé, avait préféré une infusion de tilleul au café que, selon l'usage des populations du littoral, on lui avait offert le premier soir. Ce soir-là, Philippe eut vite la certitude, comme la veille, que Mariette n'avait encore rien appris des médisances de la ville. Cependant, Barrière en avait soufflé un mot à sa femme, afin qu'elle ne fût pas surprise, blessée en son âme simple et pure, dans le cas où, sur le marché, on en clabauderait auprès d'elle. Quant à sa fille, qui ne sortait guère de la maison que pour aller à l'église, il ne supposait pas qu'un lâche, un goujat, oserait jamais l'effleurer d'une insolence.

— Hélas ! le dimanche matin, Mariette, se rendant à l'église, longeait le trottoir de la vieille rue de l'Hérault, lorsqu'elle entendit un marchand de casquettes et bérets, nommé Golze, à tournure de maquignon gras, trapu, qui jamais n'avait pu joindre les deux bouts, proférer à haute voix, depuis le seuil de sa porte, à sa femme qui besognait dans l'intérieur de la boutique :

— Voilà la fille du voleur ! Quel orgueil ! On dirait une reine, parce qu'elle se marie avec le fils d'un négociant en vins !

Mariette, à ces mots, eut un frisson d'épouvante. Elle se détourna une seconde vers le bourru, dont elle remarquait l'existence pour la première fois. Il s'était enfermé dans sa boutique. Était-ce donc pour elle qu'il avait parlé ? Sans aucun doute, puisque dans la rue paisible, elle se trouvait seule. Comment eût-elle compris une pareille injure ? Son père, un voleur !… À vrai dire, elle ne savait rien du passé de son père. S'y cachait-il quelque chose de mal ?

Tout le long de la messe, Mariette s'absorba dans ses prières, sans lever les yeux sur l'assistance, de peur d'y rencontrer des regards hostiles. À la sortie, elle s'empressa au milieu de la foule vers le portail, soucieuse d'éviter des amies qui, le dimanche, l'arrêtaient. Dans sa maison, elle craignit également de chagriner son père et sa mère, si elle leur dévoilait l'odieuse pensée qu'elle portait au fond de son âme. Mais elle ne riait plus. Elle ne fit point sa promenade de chaque jour avant le déjeuner, au beau soleil de décembre, par le jardin qui éclatait de la parure des fleurs d'hiver. Barrière observa bientôt son mutisme obstiné, qui imprimait à la douceur de son visage une gravité sombre. D'habitude, elle aidait sa mère à la mise du couvert. Aujourd'hui elle trahissait de l'ennui, une langueur étrange ; elle demeurait tout à coup immobile, sans raison. Sa mère dit à Barrière, au moment de s'asseoir à table :

— Mariette me semble drôle, tu ne trouves pas ?

— Si.

— Qu'as-tu, Mariette ? On t'a fait quelque chose ?

Mariette, en dépliant sa serviette sur ses genoux, regarda fixement son père, et non sans effort, elle répondit :

— Il me serait impossible de garder ma peine plus longtemps. Eh bien ! quand je suis allée à la messe, quelqu'un a crié derrière moi, sûrement à mon adresse, une insulte abominable.

— À toi, une insulte ! gronda Barrière.

— On m'a crié : Voilà la fille du voleur !… Qu'est-ce que cela peut-il signifier ?

— Rien. Et quelle est la canaille qui a eu cette audace ?

— Golze, le marchand de casquettes.

— C'est un triste sire, qui a fait faillite cinq ou six fois. J'espère que tu chasseras bien vite le souvenir de cette sottise. Ah ! Tu es jeune. Tu ne sais pas combien les hommes sont lâches. Beaucoup, notamment ceux de ma génération, ne me pardonnent pas mes succès.

— Pardi ! ajouta la mère. Il faut toujours payer sa chance d'une manière ou d'une autre.

— Oui, soupira Mariette. À présent que j'ai tout dit, je ne souffre plus, je souffre moins.

— Laissons ces horreurs. Ne pensons qu'à jouir de la vie qui est bonne, et à nous féliciter de ton mariage qui, je ne le cache pas, me ravit.

— C'est vrai. Nous sommes trop heureux pour ne pas exciter l'envie.

Et Mariette baisa la main de son père, qui allait prendre du pain. Elle mangea de bon appétit, ainsi qu'à l'ordinaire, mais par moments il lui semblait que son cœur subitement se déchirait encore.

## CHAPITRE XI

Après le déjeuner, Philippe se présenta. Il était d'humeur souriante, tout glorieux de retrouver sa fiancée charmante de beauté, de gentillesse, la taille haute, la tête fine, Robuste aussi, le visage au teint mat et rose éclairé par la lumière de ses yeux noirs, sous la richesse de ses cheveux noirs que lustrait parfois un rayon de soleil. Philippe l'aimait avec la même innocence que le premier jour, la même joie reconnaissante.

Cependant, il eut soudain l'émoi que Mariette avait un sourire confus et qu'elle n'osait pas le regarder en face, après qu'on eut pris le café, il l'embrassa, d'une étreinte chaste, et lui dit :

— Le temps est splendide. Si nous allions jusqu'au Cap ?

— C'est un peu loin, objecta M$^{me}$ Barrière, qui le dimanche accompagnait ses enfants.

— Si tu le permets, dit Barrière à sa femme, je les accompagnerai aujourd'hui. Seulement, le soir vient vite en cette saison. Dépêchons-nous !

Mariette mit son chapeau, ses gants. Et l'on partit pour la campagne, qui était là, tout de suite. Il y avait des pierres, du sable. Puis, la coulée de lave qui, paraît-il, vient de très loin, du Massif Central, et qui va se jeter dans la mer, d'où à cinq cents mètres du rivage, elle ressurgit pour se terminer en l'îlot de Brescou. Point d'autre végétation, çà et là, que des touffes de roseaux, ainsi que dans le petit étang de Luno, une brousse d'ajoncs. Sur la pointe du Cap, dans le sable, trois maisons de pêcheurs, très blanches.

Jusqu'au Cap, deux kilomètres à parcourir. Philippe avait offert son bras à Mariette, et ils savouraient le plaisir d'échanger sur un ton de confidence de menus propos pour des riens. Car l'amour intimide les jeunes êtres que possède sa flamme très pure. Mais ce dimanche Mariette manquait d'entrain. Ignorant que les parents de Philippe étaient informés des médisances de la ville, elle imaginait avec une sorte d'effroi que le jour maudit où la méchante calomnie tomberait sur eux, ils renonceraient à l'accueillir dans leur foyer.

Une fois qu'elle gardait le silence, en baissant le front, Philippe lui dit :

— Vous ne paraissez pas contente ?

— Si !... Auprès de vous !...

Elle lui pressa le bras et fit un sourire, empreint de gratitude et de fierté.

— À quoi pensez-vous, Mariette ?

— Puisque vous êtes si curieux !... Je pense à vos amis du *Château Vert*. Que deviennent-ils ?

— Ils ne donnent plus signe de vie.

— Hé ! Hé !... Thérèse avait peut-être des illusions sur vous. Et je suis venue à l'improviste les lui enlever.

— Thérèse est une gamine. Elle a bien le temps de trouver un mari.

— Certes, à dix-sept ans !

— Pas même !

— C'est bizarre, j'ai du chagrin pour elle. Pour ses parents également, s'ils étaient convaincus que vous épouseriez leur Thérèse.

Il ne faut pas leur en vouloir de leur bouderie. Il faut savoir les comprendre.

— Personne ne leur en veut. Je suis sûr d'ailleurs qu'ils reviendront chez moi.

À une trentaine de pas, Barrière s'était arrêté, pour attendre les fiancés, qui se hâtèrent. Et désignant là-bas, sur la colline de lave, au-dessus du poste de la douane, un gîte de planches goudronnées, qui étincelait au soleil, il plaisanta :

— Tenez, les enfants !... C'est là-haut qu'habite ce fainéant de Micquemic. S'il m'aperçoit, il dégringolera bien vite de son rocher.

— Il paraît que vous l'avez beaucoup connu ?

— Oui, mon fils, du temps que j'étais maçon, le bon temps, puisqu'on était jeune. Ce qu'il était déjà cancanier ! Et chipardeur ! En outre, si la Providence ne l'avait pas fait naître dans un pays de vignes, je ne sais pas comment il aurait vécu.

— Moi, je le connais à peine. Je l'ai aperçu deux ou trois fois à la porte d'un cabaret.

— Naturellement. Il a toujours soif. Et il a tout un arsenal de prétextes pour vous harceler de ses requêtes. J'ai fini par le chasser. Mais il n'a point de vergogne.

Ils étaient parvenus à la pointe du Cap. La vague y roule sans fin des galets en un bruit de castagnettes sur le sable, au pied des trois maisons qui, loin des ambitions et des misères du monde, vivent heureuses. C'était l'heure du repos pour les pêcheurs qui, le soir, s'en vont au large et n'en reviennent qu'au matin. Devant l'une de ces maisons, un vieux pêcheur qui, sur les flottes de l'État, avait, pendant plus de vingt ans, parcouru toutes les mers, ravaudait ses filets, que le poisson chaque nuit déchire. Devant une autre, une jeune femme allaitait son petit. Devant la troisième, une aïeule pelait des pommes de terre.

Quelle paix enveloppait l'humble extrémité de cette terre ! Quelle généreuse lumière ! Là-bas, à l'horizon de la mer, l'azur du ciel touchait délicatement les eaux bleues. Ici, vers l'orient, un balancement d'écume frangeait les vingt kilomètres d'une baie, au centre de laquelle, dans le sable, verdoie l'oasis des Onglous, ses roseaux et ses vignes, et la baie gracieuse s'en va là-bas, parmi les blancs rochers d'un promontoire boisé, s'achever contre la montagne de

Saint-Clair qui, sur son versant opposé porte la ville de Sète. Là, vers l'occident, s'allonge la plage argentée du grau d'Agde, déserte jusqu'au quai grisâtre qui la protège de l'Hérault. Et la voix de la grande mer parlait toujours, monotone, pourtant mélodieuse.

Bien qu'ils n'eussent aucune prétention d'avoir des âmes de poètes, Barrière et ses enfants goûtaient en cette frémissante solitude l'ineffable poésie des choses, la vertu de l'onde éternelle, de la lumière nue, qui imposait partout, comme une divinité, sa splendeur et sa puissance. Émus par la magnificence des éléments réunis autour d'eux, ils se taisaient. Par la plage, maintenant chargée de coquillages plus que de galets, ils arrivèrent aux scories de lave, qui, avant de s'enfoncer sous l'eau, opposent une muraille vigoureuse à la vague qui depuis des siècles la déchiquette patiemment et découpe dans le feu de sa chair des criques et des niches.

Dans une de ces niches au-dessous du sentier sinueux qui longe la crête de la muraille, un homme était assis, les mains aux genoux, et il contemplait la mer. À cause du bruit des vagues, il n'entendait pas les trois promeneurs marchant au-dessus de lui. Mais Barrière le reconnut aussitôt, et faisant mine d'entraîner ses enfants, il grommela :

— Voilà cet animal. Prenons garde !

Au même Instant, Micquemic, — car c'était lui, — leva la tête. Après un mouvement de stupéfaction, il s'écria :

— *Té !* C'est vous, Barrière !... Attendez-moi.

Micquemic se hissa, non sans peine, jusque sur le sentier, auprès de Barrière qui n'avait pas voulu se dérober. Il se courba très humblement, sourit de toute sa figure violacée qu'écaillaient le sel des embruns et le vent du large. Puis, désignant les deux fiancés, il feignit quelque innocence.

— Ce sont vos enfants, Barrière ?

— Oui. Tu connais ma fille ?

— Il me semble.

— Et le fils de mon voisin, M. Ravin.

— Oui... Ah ! vous pouvez être fier, Barrière !

— N'empêche que tout le monde ne me pardonne pas mes succès.

— Vous les méritez pourtant.

— Enfin, tant pis ! L'opinion des gens n'a pas d'importance, n'est-ce pas ?

— En tout cas, ce n'est pas moi que le bonheur accable.

— Si tu es malheureux, tu l'as bien voulu. La bouteille, et le rien-faire, ça ne mène pas loin.

— Vous avez raison, Barrière, mais qu'y faire ? Je suis trop vieux pour changer mes habitudes. Ah ! le bon vin de chez nous, comment peut-on s'en passer !… Barrière, je vous ai souvent importuné de mes quémandes, et je crois qu'un jour vous m'avez mis à la porte.

— Tu t'en souviens, tant mieux. Qui sait si tu ne chercheras pas quelque jour à te venger ?

— Me venger !… Pour ça, non. Je jure que non !

— Ne jure pas.

Micquemic affectait maintenant des grimaces larmoyantes de pauvre homme voué au mensonge et à la fredaine.

— Ma femme n'est pas bien du tout, gémit-il.

— Oui, raconte-nous tes histoires. Je n'ai rien sur moi, pas un radis.

— Un petit quelque chose m'aurait fait plaisir.

— Viens chez moi de grand matin. J'ai d'ailleurs à causer avec toi.

— Je n'y manquerai pas.

Et comme Micquemic retirait sa main humide de mendiant, Philippe, qui avait furtivement ouvert son portefeuille, lui tendit un billet de 50 francs. Micquemic tressaillit d'enthousiasme, et, dans une sorte d'éblouissement, il saisit le papier précieux, l'enfouit dans la poche de son pantalon de velours.

— Merci, mon fils. Le bon Dieu vous le rendra.

Philippe lui commanda d'un simple geste le silence, Barrière d'un mot le congédia :

— Adieu !…

Les trois promeneurs continuèrent leur chemin. Mais Micquemic trépigna à petits pas sur leurs traces, répétant ses chaleureux mercis, ses souhaits de bon mariage. Comme on ne lui répondait plus, il se reposa sur un rocher et, les mâchoires entre les poings, il regarda fixement, avec un étrange mépris, de la haine, s'éloigner ces trois êtres qu'il estimait trop heureux.

À cinq cents mètres de là, tandis qu'ils s'engageaient sur le large môle qui s'avance dans la mer, et qu'on appelle le « Bras-de-Richelieu », deux femmes, coquettement vêtues de clair, arrivaient à leur rencontre. Il était encore impossible, parmi le frissonnement de la lumière et des sables, de distinguer leur visage. Tout à coup, sur la marge dorée où s'épanche la vague, elles s'arrêtèrent et, après une seconde d'hésitation, elles déguerpirent en un train de panique.

— Philippe, s'écria Barrière, vous les avez reconnues ?

— Parbleu ! Thérèse et sa mère.

— Est-ce moi qui leur fait peur ? dit Mariette.

— Elles sont jalouses. Cette maladie leur passera.

À voix basse, Philippe ajouta :

— Vous êtes à moi, Mariette. Notre amour ne dépend de personne.

— Je suis pourtant désolée que notre mariage occasionne une rupture entre vos amis et vous !

— Mes amis ?... Est-ce bien sûr ?

Mariette, d'un élan involontaire, se pressa contre son fiancé, comme si elle eût craint de céder, sur le bord des dalles, au vertige de l'eau grondante. Philippe la caressa, de tapes gentilles à la main, au poignet qu'elle avait nu. Au loin, dans le désert de l'espace, le soleil, qui depuis un moment était suspendu sur Agde, jeta soudain une écharpe de pourpre sur la mer moutonneuse.

À l'extrémité du môle, ils demeurèrent en extase, dans le bruit rythmé du flot, qui perçait doucement la pensée. Puis, d'un pas tranquille, ils s'en retournèrent au Cap reprendre le chemin de la ville. Barrière marchait toujours au-devant des fiancés, qui parfois échangeaient un regard, un sourire, contents d'avoir vécu ensemble cette belle après-midi de dimanche et aussi d'avoir mis en déroute Thérèse Jalade et sa mère.

## CHAPITRE XII

Depuis plus de dix jours qu'était officiellement annoncé le mariage de Philippe, on ne savait plus au *Château Vert* quelle attitude adopter à vis-à-vis des Ravin. Si l'on rompait toutes relations, Ravin possédait, hélas ! de quoi se venger, et sans délai. D'autre part, on redoutait les malices de l'opinion publique, qui tournerait les Jalade en ridicule, le jour où elle apprendrait le fond de leurs difficultés financières. S'ils n'osaient pas défier en quelque sorte les Ravin devant le monde, ils n'avaient pas davantage la force de se résigner à l'inévitable, dans une joie qui ne pouvait que leur être bienfaisante, et le temps passait, amer, nourri de dépit et de rancune. Et ils s'enfermaient plus étroitement dans une misère d'où il leur serait de plus en plus difficile de sortir.

Le *Château* prospérait cependant. La cuisine y était abondante et savoureuse. Les jours de décembre étaient calmes, bénis du bon soleil. De tout le Bas-Languedoc on prenait l'habitude d'aller en auto se divertir, le soir surtout, au Grau d'Agde, parmi le charme encore intact de son âge ancien. Au *Château* on encaissait de belles recettes. Mais il fallait tant d'argent !... La dette se réveillait chaque jour, ici ou là, chez les fournisseurs de l'hôtel, chez les couturières de madame et de sa fille, chez les notaires réclamant les intérêts de divers emprunts. Enfin, si les Jalade étaient accoutumés aux plaies d'argent, ils n'avaient pas le courage d'accepter avec le mariage de Philippe une humiliante défaite.

Le lundi matin, Thérèse se disposait à aller chez sa modiste à Agde et puis chez son coiffeur, le plus élégant, se faire tailler les cheveux. Dans le petit bureau où elle achevait de mettre son manteau, son père lui dit d'un ton cajoleur :

— *Té !...* Si tu profitais de l'occasion pour pousser jusque chez les Ravin ?

— Oh ! non ! se récria Thérèse. Ça m'ennuierait trop.

— Il faudra bien, un jour ou l'autre. Plus nous reculerons : plus ce sera pénible.

— Sans doute. Mais alors que maman m'accompagne.

— Moi, non, par exemple !... riposte M$^{me}$ Jalade. Plutôt ton père... Oui, Benoit ; on t'aime bien là-bas, et puis tu ne rencontreras que cette oie d'Eugénie, qui n'est pas à craindre.

Jalade s'apprêtait à répondre, lorsque dans l'entre-bâillement de la porte se présenta la figure enflammée de Micquemic. Il tremblait un peu ; il souriait des lèvres, des yeux.

— Entrez donc !... ordonna M^me Jalade.

Micquemic s'insinua, timide, referma derrière lui la porte prudemment. Il ne souriait plus. Sous le poids d'une lourde douleur, il baissait le dos.

— Qu'est-ce qu'il vous faut ?

— Madame, ma femme est malade.

— Nous aussi, nous sommes malades !

Micquemic eut un tressaillement de surprise, jeta un regard de défi sur la dame aujourd'hui hautaine, qui l'avait tant flatté l'autre jour. Mais son regard violent s'éteignit. De nouveau, il pleurnicha :

— Pour vous soigner, vous avez de quoi. Moi, je n'ai pas de quoi. Je vous demande de me prêter un petit quelque chose.

— D'abord, êtes-vous sûr de l'infamie de M. Barrière ?

— Ah ! mon Dieu, madame ! La preuve, c'est que, pas plus tard qu'hier, Barrière est venu me supplier de ne rien dire de l'histoire que vous savez.

— En effet, je me promenais sur la plage, avec Mademoiselle, lorsque nous l'avons aperçu en compagnie de ses enfants.

— C'est ça. Il descendait de chez moi. Ses enfants l'avaient attendu au Bras de Richelieu.

— Tu vois, maman, ce que je te disais ! s'exclama Thérèse, triomphante.

— Oui, ma fille, tu avais deviné. Alors, Micquemic, si M. Barrière vous a prié de démentir son action abominable, que ferez-vous ?

Micquemic balança dolemment la tête de droite à gauche et, les yeux à terre, il bredouilla :

— Mon Dieu, madame, s'il le faut, je dirai la vérité

— Il le faut toujours.

— Seulement, je suis malheureux. Or, je dois vous avertir que M. Barrière ne m'a jamais manqué de charité.

— C'est son intérêt d'acheter votre silence.

— Je dis pas, mais j'en profite. *Té !...* D'ailleurs, vous verrez qu'on finira par tout savoir, que les Ravin auront des scrupules.

— Ils n'en ont pas l'air.

— Ce n'est pas mon opinion, surtout depuis hier que j'ai vu chez moi ce finaud de Barrière. Alors, si vous êtes aussi charitable que lui...

Pou à peu Micquemic recouvrait son assurance ; il tendait presque la main.

— Pour ma pauvre femme !

— Allons, *té !* Combien désirez-vous ?

D'un signe M^me^ Jalade intima un ordre à son mari, qui n'avait pas encore bougé. Docile toujours, celui-ci ouvrit un tiroir et prit un billet de cinquante francs. Micquemic fit une grimace, afin de réprimer un sourire.

— Tenez, voilà pour votre femme.

— Ah ! merci ! merci !... Elle sera bien contente de vous.

Quand il eut empoché le billet, Micquemic respira mieux à son aise. Et gentil, respectueux, il salua :

— Je ne vous dérange pas davantage. Et pardi ! vous pouvez compter sur moi.

On le laissa partir, sans lui rendre son salut.

— De nouveau cinquante francs de perdus ! maugréa Benoît.

— Que tu es pessimiste ! protesta M^me^ Jalade.

— S'il a menti, ce vieux, que nous importe ! dit Thérèse, qui dans sa méchante rancune avait le dédain des plus simples convenances. En tout cas, l'accusation est lancée : Rien ne l'arrêtera. *Té !* Je m'en vais...

— Alors, tu verras les Ravin

— Je ferai de mon mieux, papa.

Elle courut au garage, où Jacques, le chauffeur, l'attendait à la portière de l'auto.

Un quart d'heure après, elle arrivait à Agde. Depuis deux ans, ses parents lui avaient confié, si jeune, le maniement des fonds de l'hôtel. Fière d'agir en petite maîtresse, elle passa d'abord chez le marchand de poissons, chez le boucher ; ensuite, elle acquitta de fortes notes chez sa couturière et chez sa modiste. Car il semblait aux Jalade que tout le monde, informé de la gène du *Château Vert*, les traitait de dissipés et d'incapables. Alors, ils tâchaient, devant les clabauderies qu'ils qualifiaient de perfides vilenies, de démontrer qu'au contraire les ressources, Dieu merci, ne leur manquaient pas.

Ses paiements effectués, Thérèse s'en fut au magasin nouvellement établi, à l'instar des grandes villes, *Les Galeries Agathoises*, où l'on trouvait toute espèce de marchandises, depuis des jouets jusqu'à du linge et des pipes.

Justement, au rayon de la lingerie, elle tomba sur une vendeuse, une camarade de pension qui, la dernière de six enfants d'une famille déchue, exécrait les bourgeois bien tranquilles dans leur prospérité. Bientôt, en dépliant sur la banque nappes et serviettes, les deux amies jacassèrent tout bas, fort empressées de dénigrer Mariette Barrière, que favorisait à l'excès le Destin.

— C'est donc vrai, Thérèse, que son père est, en somme, un voleur ?

— Ma foi, on le dit. Ça t'étonne ?

— On voit tant de choses aujourd'hui. Pourtant, nous n'étions pas nées quand il a commis son vol.

— Qu'est-ce que ça fait ? répliqua Thérèse en riant. D'un métier de simple maçon sans le sou on n'arrive pas si vite à sa superbe situation d'horticulteur.

— Évidemment. Mais, voyons, est-ce qu'il n'aura pas honte, à la fin !

— Il joue bien son rôle, pardi !

— Et vos amis Ravin ! Ils ne doivent rien savoir !

— En tout cas, ils ne seraient pas très dignes, s'ils persistaient dans ce mariage de Philippe.

— *Té !* Je vais te faire une confidence, à ton sujet. Tu ne m'en voudras pas ?

— Non, répondit Thérèse, néanmoins inquiète.

— On disait que c'était toi qui épouserais Philippe Ravin.

— Je sais. Seulement, à présent je ne consentirais pas, tu comprends.

— Je comprends...

À l'instant même, M<sup>me</sup> Ravin et Mariette entrèrent dans le vaste magasin, que parcourait à travers les piles de marchandises un réseau d'allées droites, véritables tranchées, où l'on pouvait aisément observer de bout en bout les évolutions des vendeuses et de la clientèle. Thérèse était tellement absorbée par ses bavardages avec son amie qu'elle ne songeait point à surveiller les alentours. M$^{me}$ Ravin, errant par les tranchées, rencontra soudain du regard, là-bas, tout au fond, la petite écervelée qui fonctionnait sans cesse de la langue.

— Tenez, Mariette, voyez donc là-bas la gentille maîtresse du *Château Vert*. Que raconte-t-elle donc qu'elle ne vient plus à Agde, ou qu'elle n'a plus le temps de nous rendre visite ?

— Elle paraît assez excitée.

— À coup sûr, elle ne parle pas chiffons. Venez !

Elles s'avancèrent franchement, et, à cinq pas de Thérèse, elles s'arrêtèrent, par discrétion, et non sans quelque ironie. Thérèse, à leur vue, eut un moment de désarroi, les yeux grands ouverts, les bras ballants.

— Eh bien ! petite, il me semble que tu as la langue bien pendue, ce matin !

Tandis que l'employée décampait, rouge de confusion, Thérèse fit un pas vers la mère de Philippe, salua du front Mariette.

— Tu ne m'embrasses plus, petite ?

Thérèse, sans effusion, embrassa la grosse dame, qui lui était toujours indulgente.

— Tu peux également embrasser la fiancée de Philippe.

— Je n'osais pas.

— En voilà des manières ! et qui ne me plaisent guère.

Thérèse obéit aussitôt, soucieuse de ne point briser l'amitié des Ravin. Elle baisa doucement les joues fraîches de Mariette, qui certes n'eut point de peine à sentir son animosité. Déjà M$^{me}$ Ravin ajoutait :

— Pourquoi, Thérèse, ne te voit-on plus à la maison ?

— Il y a tant d'ouvrage au *Château* ! Papa a été fatigué. Aussi, c'est moi qui ai dû venir à Agde pour régler quelques affaires. Et chez vous, ça va bien ?

— Comme tu vois. Je suis la plus malade. Alors, tu viendras nous dire bonjour à la maison ?... déjeuner si tu veux ?

— Je viendrai, si j'ai le temps.

— Quand on veut, on trouve toujours le temps.

— Pas toujours.

— Viendras-tu au moins à notre dîner de fiançailles ? Nous comptons sur vous tous.

Thérèse baissa les yeux une seconde. Allait-elle commettre un mensonge. Bah ! qu'importait un mensonge de plus ou de moins !... Alors, devant Minette, avec l'intention de lui montrer un peu de bonne grâce elle préféra mentir bravement, afin de se délivrer de son anxiété.

— Nous viendrons tous au diner de fiançailles.

— Philippe sera si content !... As-tu fini tes achats ?

— J'allais sortir.

— Eh bien, à tout à l'heure.

On se dit au revoir. Thérèse, qui tremblait comme un roseau, s'achemina d'un pas rapide vers la porte, puis dans la rue, filant le long des murs, elle gagna son auto, qui l'attendait sur le quai de la Cathédrale.

$M^{me}$ Ravin, qui n'avait à acheter qu'une ampoule électrique, fit son emplette, et dare dare, prenant Mariette par le bras, elle l'entraîna au dehors.

— Thérèse n'ira pas à la maison, j'en suis persuadée.

— Pauvre Thérèse !... Je lui fais, malgré moi, beaucoup de chagrin.

— Le temps efface les plus grandes douleurs, mon enfant. Et Thérèse, qui est si jeune, si dégourdie, se consolera vite avec un autre mari.

Mariette, qui était belle en la simplicité de sa toilette, éprouvait un orgueil de traverser la ville en compagnie de $M^{me}$ Ravin, une vraie dame, sa seconde mère. Pourtant, à mesure qu'elle marchait, elle avait l'invincible sensation qu'une atmosphère de méfiance se développait autour de sa personne. Certes, des passants la regardaient avec une admiration flatteuse. Mais, dans le regard sournois de quelques autres, elle apercevait de l'animadversion, du mépris. Elle se souvenait des injures de Golze, le grossier marchand de casquettes, qui un dimanche l'avait appelée « fille d'un voleur ». De quel vol cet homme, qu'aigrissait la médiocrité de sa condition, avait-il voulu parler ? Elle ne le saurait peut-être jamais. Cette

## CHAPITRE XII

ignorance la tourmentait par intermittences dans le vif de son âme, que réconfortait heureusement la joie ineffable, d'être aimée par celui qu'elle aimait.

Au seuil du chemin de campagne où se trouvait la porte du domicile des Barrière, elle s'arrêta. Il n'y avait cependant qu'à remonter d'une vingtaine de pas la route neuve pour aboutir à la grille des Ravin.

— Venez à la maison, lui dit M$^{me}$ Ravin.

— Je vous dérangerais trop.

— Vous, mon enfant, vous ne me dérangerez jamais.

— Thérèse va probablement venir. Cela ne lui plaira pas de me rencontrer encore, et chez vous.

— Ah ! par exemple ! Qu'ai-je à me soucier des fantaisies de cette sauterelle !

À ce mot espiègle, quoique sans méchanceté, Mariette eut un fin sourire. Mais elle ne céda pas à l'invitation.

— Vous ne la redoutez pas, je suppose, Mariette ?

— Non. Seulement autant vaut éviter un contact qui lui est désagréable.

— Je m'incline. Mais vous avez tort, car, devant moi, cette petite ne se permettrait aucune incorrection. Allons, à bientôt.

— Oui. Et que Philippe ne manque pas chez moi ce soir.

— Pas besoin de le lui recommander.

Elles se séparèrent. Dare dare, Mariette rentra chez elle, émue à la fois du plaisir d'avoir passé la matinée en compagnie de la mère de Philippe et aussi du pressentiment que cette Thérèse du *Château Vert* ourdissait un complot contre son bonheur.

Naguère, dans la société bourgeoise, il n'était point d'usage qu'une fiancée eût le privilège de fréquenter à son gré la maison de son fiancé. Mais, à cause de la grande guerre, tant d'usages se sont relâchés sur la terre de France ! Si maintenant Mariette hésitait à se rendre chez les Ravin, c'était par pudeur, par l'étrange appréhension d'apporter en sa personne le motif d'un chagrin, la pensée d'un péril. Depuis quelques jours, elle manifestait devant ses parents une mélancolie qu'ils ne parvenaient point à dissiper.

Un matin, pour la distraire, sa mère lui dit :

— Viens avec moi faire le marché.

— La bonne n'y va donc pas ?

— Non. Pas aujourd'hui. Elle se sent fatiguée.

Non sans hésitation, comme si elle eût redouté un malheur, Mariette s'apprêta. Toujours jolie, mais simple en ses manières, un cabas à la main, elle suivit sa mère, qui portait un grand panier. À la marine, celle-ci, après qu'elle eut examiné toutes les corbeilles de poissons et de coquillages, choisit un beau rouget qu'une barque apportait du Grau. Mais elle le déclara trop cher, et finalement, lassée par des palabres sans nombre avec la marchande, elle le refusa. Alors la marchande, les poings sur les hanches, se mit en colère :

— *Té !* Croyez-vous, madame Barrière, que j'ai volé mon poisson, moi aussi, comme d'autres ont volé des cassettes pleines d'or ?

— Oh ! que dites-vous ! je ne vous accuse de rien, moi.

— Il ne manquerait plus que ça !

M$^{me}$ Barrière, bouleversée par une agression si imprévue, balbutiait des excuses. Mariette intervint :

— Que reprochez-vous à ma mère, s'il vous plaît ?

— *Té !* De quoi elle se mêle, cette princesse, parce qu'elle veut se marier avec le fils d'un négociant !

— Quelle insolente !

— Pas tant que vous. Et de qui êtes-vous la fille ? Si vous ne le savez pas, que votre père vous le dise !...

Mariette frissonna d'indignation et de douleur. Sa mère la tirait par la manche :

— Viens ! Viens ! Dans quel pétrin nous sommes tombées !

À leur tour, les marchandes, les ménagères assistaient à la bataille avec beaucoup d'agrément. Quelques-unes, surtout les jeunes, ricanaient de mépris à l'égard des dames Barrière.

— Oui, retirons-nous, dit Mariette. Cette mégère ne mérite pas qu'on lui réponde.

— Qu'est-ce que vous me répondriez ? Rien du tout, puisque je dis la vérité.

M$^{me}$ Barrière et sa fille, courbées sous la honte, s'en fuyaient, très loin, au delà de la cathédrale. Mariette interrogea :

— Enfin, ma mère, pourquoi sommes-nous détestées à ce point ?
— À la maison, ton père... Moi, je ne sais rien.
— On m'en veut depuis que je suis fiancée. Je n'ai pourtant fait de mal à personne !...
— Ton père t'expliquera....

Dans le rocailleux chemin, elles se hâtaient encore. M$^{me}$ Barrière ouvrit bien vite sa porte. Et toutes les deux franchirent avec soulagement le seuil très doux.

## CHAPITRE XIII

Le lendemain matin, la mère de Philippe attendit vainement Mariette, qui devait l'accompagner dans un magasin pour choisir un tapis et quelques meubles. Mariette était allée à la cathédrale prier Dieu. Elle savait maintenant l'accusation abominable dont on accablait son père. Quoique celui-ci n'eût pas l'air de s'en émouvoir, le chagrin ne quittait point l'âme si chaste de la grande enfant, ni la frayeur qu'elle avait des gens et des choses. Certes, elle ne doutait pas de la probité de son père, mais l'idée d'un sacrifice nécessaire, qui n'était pas sans noblesse, s'emparait de son être davantage à chaque heure. Pouvait-elle entraîner dans son malheur Philippe et sa famille ? Elle aimait Philippe de tout son cœur. Pour être aimée de lui sans ombrage, ne devait-elle pas lui offrir, bien plus que les charmes de sa personne, l'honneur indiscutable de son nom ? Elle était allée demander à Dieu la patience de subir dignement l'injure du monde, et aussi la force de prendre vis-à-vis de Philippe une résolution suprême.

Une heure après, elle sortit plus calme de l'église et résolue au renoncement de son mariage.

Philippe, chez lui, s'alarma, dès qu'il apprit le silence étrange de Mariette. Il expédia rapidement son déjeuner et se rendit chez les Barrière. Ceux-ci achevaient leur tasse de café. La maison était triste, sans voix. Mariette, quand elle reconnut dans le couloir le pas de Philippe, devint pâle d'angoisse. Mais Philippe apparut sur la porte : elle s'efforça de lui sourire.

— Bonjour, Mariette. Eh bien ! pourquoi ne vous a-t-on pas vue ce matin ? Ma mère vous attendait.

— Oh ! Philippe, vous ne devinez pas pourquoi ?

Au lieu de se laisser embrasser, comme tous les jours, Mariette lui tendit seulement la main. Il demeura coi une seconde, et lui qui jamais ne se troublait, il eut l'émotion affreuse que le malheur le menaçait.

— Que se passe-t-il donc, Mariette ?

— Vous le savez bien.

Ayant avancé sa chaise vers la cheminée, où brûlait un feu de bois, elle désigna un fauteuil à Philippe, en face d'elle. Barrière et sa femme s'éloignèrent sans bruit, afin de laisser leurs enfants libres de s'entretenir des contrariétés présentes, auxquelles ils pouvaient seuls trouver une solution. Barrière s'en alla au fond du jardin, qu'égayait un blond soleil ; sa femme, toujours soumise à la volonté des siens, monta à sa chambre.

Entre les deux enfants un long silence régna. Avaient-ils la crainte de toucher par une parole imprudente au trésor sacré de leur amour ? Ce fut Mariette qui leva les yeux sur Philippe et dit :

— Vous savez les bruits qui courent en ville, les infamies qui souillent le nom de mon père ?

— Précisément, ce ne sont que des infamies.

— Oui, mais qui, même lorsque le temps les aura dissipées, laisseront sur mon nom une tache que rien n'efface. Les légendes ne meurent pas.

— En leur attribuant une valeur quelconque, ne consacrez-vous pas leur existence ? Pour moi, elles n'existent pas. Qu'est-ce donc que des racontars peuvent faire à notre amour, Mariette ?

Philippe se rapprochait, à son insu, la voix chaude, haletante.

— Vous m'oublierez, Philippe. Il le faut… Voyez-vous, je ne veux pas apporter chez vous les abominations d'une légende, qui s'est si vite propagée dans toutes les classes de la société.

— Vous êtes trop sensible, Mariette. Écoutez-moi.

Elle mit ses mains sur son visage, non par un sentiment d'indifférence aux prières de Philippe, mais pour cacher sa désolation, peut-être sa défaillance. Il s'agenouilla doucement à ses pieds et, lui saisissant les mains qui résistèrent, il poursuivit d'une voix qu'entrecoupaient des sanglots :

## CHAPITRE XIII

— Mariette, vous allez nous rendre tous malheureux. Sera-t-il donc vrai que quelques êtres jaloux parviendront à empêcher notre mariage ?

Mariette découvrit son visage et paisiblement répondit :

— Ce matin, Philippe, je suis allée à l'église prier Dieu. J'ai prié qu'en sa charité il m'inspire une résolution raisonnable. Eh bien ! voyez-vous, je suis résolue a renoncer à notre mariage.

— Est-ce possible !...

Il la regarda longuement, avec une imploration passionnée, et soupira :

— Il me semble que vous me repoussez, parce que je ne suis pas digne de vous, qui êtes si pure, si enviée.

— Enviée, certes, je le suis. Pourtant mon père souffre, mais sans se plaindre... Ah ! je sais bien qui a pu si perfidement empoisonner l'opinion publique.

— Je le sais aussi.

— Non, cependant. Ne portons point de jugement téméraire. Ne faites aucun mal pour moi.

— Vous êtes trop généreuse. Les méchants ne méritent aucune pitié... Au revoir, Mariette.

Philippe s'était redressé, l'âme ardente sous le calme de ses traits. Il prit délicatement les joues de Mariette, et, sans qu'elle eût bougé, il posa un baiser sur son front.

— Je ne vous accompagne pas aujourd'hui, dit-elle.

— Non. À bientôt ?

Il partit d'un pas précipité, sans percevoir dans la vaste maison le plus léger mouvement. Deux heures étaient sonnées. M. Ravin, aussi ponctuel qu'un fonctionnaire, avait déjà regagné son magasin, de l'autre côté de l'Hérault, Philippe ne retrouva donc chez lui que sa mère, qui lisait tranquillement un journal. Elle s'émut de le revoir tout frémissant de fièvre.

— Qu'as-tu, mon enfant ?

— Mariette ne veut plus se marier.

— Que dis-tu ?... C'est fou !...

— Oui, c'est fou. Elle prétend qu'elle a le scrupule de ne pas souiller notre nom de la légende odieuse qui accable son père !

— Qu'elle est jeune !

— Tu n'y crois pas, toi, à cette légende ? Barrière est-il un malhonnête homme ? Et ne soupçonnes-tu pas d'où part cette légende ?

— Si. J'en suis même sûre. Les Jalade ne donnent même plus de leurs nouvelles. Si je n'avais pas rencontré cette petite Thérèse aux *Galeries Agathoises*, je me demanderais s'ils sont encore vivants.

— Eh bien ! il faut les punir. Ce sera le premier coup de pioche pour retourner l'opinion publique.

— Ne va pas si vite. Au fond, ils sont malheureux.

— Je m'en moque. Ils ne sont même pas reconnaissants de tous nos bienfaits... Tiens, je vais au Grau.

— Philippe, un peu de sagesse !

— Tu sais que je n'en manque pas. Mais il faut que je sache toute la vérité... Après tout, ne pourrait-on pas les accuser à tort ?

— Hum !...

— Oui, tu as raison. Nous ne nous trompons pas, hélas ! À ce soir !

Une demi-heure après, Philippe descendait de son auto devant le garage du *Château Vert*. Les Jalade n'étaient pas chez eux, M^me Jalade ayant amené son mari sur la plage jusqu'au Bras-de-Richelieu, comme s'ils n'avaient rien de mieux à faire que de vivre en rentiers. Philippe dut s'adresser au chef de la cuisine. Celui-ci d'un ton bourru lui répondit :

— Mademoiselle rôde par là.

Personne sur la terrasse, qu'enguirlandait le pampre noir de la vigne, ni sur le quai où des pêcheurs recueillaient leurs filets. Enfin, Philippe découvrit Thérèse dans le parc, sous les pins bourdonnants et frileux. Elle errait au petit soleil de l'hiver, affectant une certaine importance de muse songeuse, les mains jointes sur son sein. À la vue de Philippe, elle eut un émoi d'orgueil : est-ce qu'il venait la reprendre, l'aimer ?... Non, hélas ! Il avait le sourcil froncé, et d'un pas brutal il s'avançait tout droit, en ennemi.

— Bonjour ! gronda-t-il, sans un geste de civilité. Vous allez bien ici ?

— Oui, Philippe. Et chez toi ?

CHAPITRE XIII

— Très bien, où sont tes parents ?
— En promenade.
— Tant pis ! D'ailleurs, pour ce que j'ai à dire, je le dirai aussi bien à toi-même. Seulement nous devrions rentrer.

Sans échanger un mot, ils allèrent au petit bureau de l'hôtel. Thérèse ferma la porte à clef, et, tandis que Philippe s'asseyait dans le fauteuil du patron, elle resta debout, auprès de la table, le coude appuyé sur la planchette des tiroirs. Philippe aussitôt s'emporta :

— On ne vous voit plus. Avez-vous quelque chose à nous reprocher ?
— Pas à vous.
— Votre attitude est ridicule. Est-ce que j'ai signé un engagement de t'épouser ? Non !... Alors, de quoi vous plaignez-vous ?
— Nous avons de la peine.
— Je l'admets. Cette peine, avec un peu d'esprit, aurait dû se dissiper. Est-ce que nous n'avons pas été toujours de bons amis à votre égard ?
— Que m'importe à moi !
— C'est pourtant toi qui gouvernes dans cette maison où il y a autant de désordre que de prétention.
— Je ne comprends pas.
— Tu vas comprendre. D'où sortent ces vilains bruits sur le compte du père de Mariette ?
— Je ne suis pas chargée de le savoir. Je les connais comme tout le monde, et voilà.
— Ils sortent d'ici, oui, d'ici !...

Thérèse chancela sous l'attaque, et, les yeux troubles, elle bredouilla :

— Comment d'ici ?... Quelles imaginations !
— Pourquoi avez-vous inventé une calomnie pareille ?... Ou bien, qui te l'a racontée ? Je veux savoir !

Thérèse comprit sans peine la menace de Philippe. Mais, hautaine, en un courroux d'enfant gâtée, elle répliqua :

— Tu veux savoir ?... Eh bien ! celui qui m'a raconté le vol de la cassette en a été témoin...

— Et cet imposteur a mis plus de quarante ans à révéler le crime. Faut-il être sot et méchant pour ajouter foi à un tel mensonge !

— Si tu es venu ici pour me faire une scène, tu aurais pu rester chez toi.

— Insolente et niaise que tu es ! C'est ainsi que tu reconnais l'affection de tes amis ?

— Une drôle d'affection… Et puis, zut !

Thérèse fit tourner d'une main furieuse la clef de la serrure, ouvrit la porte claquante et s'encourut vers le parc, dans la direction de la plage, où ses parents se promenaient.

Philippe demeura penaud, essuyant avec son mouchoir la sueur de son visage. En présence d'une ingratitude aussi grossière, le sentiment du mépris fermentait en son âme, et le désir de représailles prochaines. Après tout, il savait ce qu'il lui importait de savoir. Et, sans attendre les parents de Thérèse, il rejoignit son auto et partit pour Agde.

## CHAPITRE XIV

On était en janvier. Sous un ciel brumeux et doux, Barrière travaillait dans son jardin, de bonne humeur, ainsi qu'à l'ordinaire. Les injures du monde passaient sur son cœur comme le vent sur le fleuve, sans en troubler le fond. Ce qui le chagrinait, c'était l'obstination de Mariette dans son renoncement au beau mariage dont il s'était glorifié et aussi, par conséquent, la discrétion de Philippe qui ne rendait visite à ses voisins que par intermittences et pendant quelques minutes chaque fois.

Philippe, à la vérité, espérait que Mariette se délivrerait de ses scrupules imaginaires et reviendrait à la simple raison, à la joie de vivre. M. Ravin était allé, selon son habitude en la saison d'hiver, entreprendre aux environs de Paris une tournée d'affaires. Philippe comptait bien qu'à son retour, dans deux ou trois semaines, le nuage absurde qui avait assombri son bonheur serait dissipé tout à fait.

Barrière n'avait pas, au moins pour l'instant, une aussi grande confiance. Car Mariette, qui dans sa candeur ignorait que l'opinion du monde est aussi changeante que la couleur du ciel, conserverait

## CHAPITRE XIV

longtemps, peut-être toujours, ses appréhensions. Mais, enfin, d'où sortait cette rumeur d'infamie ? Barrière s'en inquiétait sérieusement, pour la première fois, pendant que dans une serre il humectait au moyen d'une éponge ses plantes grasses. Le souci de son labeur l'avait tellement absorbé tout le long de sa vie que jamais le soupçon ne l'avait effleuré que l'un quelconque de ses semblables daignât s'occuper de personne.

Certes, M. Ravin lui avait désigné en Micquemic le promoteur de la calomnie publique. Mais, réflexion faite, il ne consentait pas à incriminer un fainéant, qui n'était rien au monde et qui n'avait évidemment aucun intérêt, bien au contraire, à lui nuire et à le salir. Oh ! parbleu, il comptait dans la ville, comme tous les favorisés de la fortune, des envieux et des jaloux. Mais un ennemi assez téméraire pour semer la pire des médisances, il n'en connaissait point.

Or, le soir, dans la nuit, tandis qu'il se rendait à la poste, il croisa Philippe qui revenait de son magasin.

— Tiens, Philippe ! Et comment allez-vous ? Et votre père ?

— Bien. Mon père aussi, assez content de son voyage.

— Tant mieux ! Dites-moi, j'ai beaucoup songé aujourd'hui à l'imbécile qui a semé dans le public l'histoire de la cassette. Qui diantre peut-il être ?

— Il me semble que mon père vous l'a signalé.

— Votre père se trompe. Ou plutôt, on l'a mal renseigné... Micquemic ?... Non, non, c'est impossible !

— Ah ! monsieur Barrière, non, mon père ne s'est pas trompé. Voilà d'ailleurs quelques jours que je me suis renseigné moi-même, et à la bonne source ; mes renseignements corroborent ceux de mon père.

— Je devine sans peine la bonne source. Pourtant réfléchissons bien : il n'est pas fatalement obligatoire que le promoteur de la calomnie soit l'un des quatre survivants de ce temps si lointain de la truelle et du mortier. Un scélérat de n'importe quel âge, et de n'importe quelle condition a très bien pu trouver dans le mensonge une sorte de jouissance. Il y a, en effet, une jouissance dans l'action du mal comme il y en a une dans l'action du bien.

— Je n'en disconviens pas. Mais à nous en tenir à ces quatre survivants, en voyez-vous un autre que ce Micquemic capable de l'abominable méfait ?

— À vrai dire, non.

— Eh bien ! ne doutez plus, allez. Je suis très exactement renseigné.

— Micquemic !... Un paria de misère, à peine digne du nom d'homme !... Tout de même, j'ai tellement peur de me tromper, d'accuser à tort un innocent ! Porter préjudice à un pauvre diable sans défense !...

— Il n'a pas eu peur, lui.

— C'est vrai. Mais la personne qui vous a renseigné, Philippe, n'a-t-elle pas pu, elle aussi, inventer un mensonge, afin de vous lancer sur une fausse piste ?

— Je ne le crois pas.

— Ah ! Micquemic ! soupira tristement Barrière, que le doute tourmentait encore. *Té !* Admettons sans plus d'hésitation qu'il ait imaginé un tel roman, comment des gens raisonnables peuvent-ils tout de go, comme des enfants vicieux, croire à des racontars ?... Ah ! Micquemic, je l'ai assisté de mon mieux, à maintes reprises, et il est si déférent vis-à-vis de moi !... Vous l'avez vu, l'autre dimanche.

— Vous étonnez-vous qu'il y ait parmi les hommes des ingrats et des fous ?

— Non, Philippe. Il ne faut plus s'étonner de rien. En tout cas, je le pincerai facilement, ce fainéant, s'il est le coupable. Le difficile peut-être sera d'obtenir son aveu.

— Quel drame nous vivons, tout de même, et sans en avoir l'air ! Quel mal peut provoquer la parole du premier venu !

— Après tout, je suis tranquille. Et je vais vous faire, moi, un aveu : quand je le voudrai, et ça ne tardera pas, je balaierai cet odieux bruit de l'opinion publique, je mettrai tout le monde à la raison. J'ai mon idée.

— Ah !... Suis-je indiscret de vous demander...

— Il est prudent de ne pas en parler encore. Les plus lâches seront obligés de prendre parti pour ou contre moi. J'ai mon idée. Une surprise !

Philippe, trop poli pour insister, auprès du père de Mariette, dit doucement :

— Je ne cache pas mon impatience...

— Non, ne soyons pas impatients. Jamais !... Allons, que je ne vous retienne pas. Venez donc nous voir plus souvent.

— Je viendrai bientôt. Mais, en l'absence de mon père, j'ai tant d'occupations !

— Je comprends. Allons, mes respects chez vous.

— Tous mes vœux à Mariette et à sa maman. À bientôt !

Barrière continua son chemin par les rues étroites, quelques-unes obscures, jusqu'au delà de la Marine. Un quart d'heure après, il sortait du bureau de poste, lorsqu'un loqueteux surgissant de l'encoignure d'un vieux porche l'agrippa de ses doigts crochus. C'était Micquemic, qui, l'ayant tout à l'heure aperçu du seuil d'un cabaret avait guetté son retour.

— Ouais, monsieur Barrière !

Celui-ci recula de frayeur.

— Qui est là ?

— Vous ne reconnaissez pas les amis ? Je veux vous parler de quelque chose de sérieux.

— Tiens !... Toi, Micquemic ! Le hasard fait parfois bien les choses. J'ai à te parler, moi aussi. Suis-moi.

Ils s'en allèrent au café Catalan, le plus ancien cabaret d'Agde, au coin du quai de la Marine, et qui exhale une forte odeur d'alcool, d'anis et de goudron. Sous son plafond très bas, luisant d'une platine jaune, les pêcheurs, les bateliers, des ouvriers de la charpente et de la voilure viennent s'asseoir sur ses bancs de bois, jouer et boire à ses tables tapissées de toile cirée rouge, dans un tumulte de bavardages, de disputes et de rires.

À l'écart de tout ce brave monde, Barrière commanda un litre de vin pour Micquemic, qui se pourléchait les lèvres, et pour lui une tasse de café. Puis, se penchant sur la table, il interrogea l'humble sire du Cap :

— Dis-moi, tu es au courant des bruits ridicules qui courent sur mon compte ?

— Pardi ! Comme toute la ville.

— On raconte que, du temps que nous étions maçons, j'ai volé une cassette pleine d'or.

— Mon Dieu, on raconte tant de choses sur l'un, sur l'autre. Faut pas prêter de l'attention. D'ailleurs, ces bruits s'apaisent.

— Ce n'est pas la question. Suis-je un voleur ?

— Oh ! oh !... Ce n'est pas à moi qu'on racontera ça ! protesta Micquemic, qui se versait une seconde rasade.

— Ne mens pas ! On t'accuse, toi, d'avoir précisément raconté cette histoire.

— Moi ! et qui ?

— Tu dois le savoir.

— Moi ! Moi ! Qu'on vienne me le soutenir en face !

Micquemic se frappait la poitrine à grands coups d'indignation, la trogne spongieuse et écarlate, les yeux mouillés de larmes.

— Ne sois pas si pressé dans tes protestations. Réfléchis que, dans ce vieux château, sous l'escalier, où j'aurais découvert la merveilleuse cassette, nous étions seuls, toi et moi.

— C'est vrai : nous étions seuls, je m'en souviens toujours. Je sais également que vous avez été toujours bon pour moi, dans ma chienne d'existence. *Té !* justement, j'avais quelque chose à vous demander.

— Pardon ! Écoute-moi. C'est du *Château Vert*, paraît-il, qu'est sorti ce monstre de mensonge, et c'est toi seul qui as pu l'imaginer devant les hôteliers du Grau.

— Ces gens-là sont des canailles !

— Tu viendras un jour avec moi, mais dans deux semaines d'ici, répéter aux Jalade qu'ils sont des canailles.

Micquemic se gratta la tête, et d'un ton bourru il grommela :

— Pourquoi dans deux semaines ?

— J'ai mon idée.

— Bien. Je suis à vos ordres. À moins que ma femme malade... Ah ! ma pauvre femme ! J'ai pas le sou ! C'est à cause d'elle que je vous ai accroché dans la rue... Si vous m'aidiez un peu, un tout petit peu...

— Farceur, va !... Et dire qu'un mot de toi a pu faire tant de mal !...

— Non ! Non ! Je n'ai jamais parlé sur vous.

## CHAPITRE XIV

— Finissons-en. Tu m'accompagneras au *Château Vert* le jour que je t'indiquerai. Quant à l'aide que tu sollicites une fois encore, viens chez moi demain matin.

— Bon ! Et mille fois merci, monsieur Barrière.

Tandis que Micquemic achevait la bouteille, Barrière paya les consommations. Après quoi, saluant d'un bonsoir cordial les clients familiers, qu'excitaient en leurs puériles discussions la fièvre de jeu et le feu de l'alcool, il sortit.

Le lendemain, vers dix heures de la matinée, Micquemic n'oublia point de se rendre chez l'horticulteur. Or, il atteignait la grille des Ravin, lorsqu'il reconnut devant leur porte, contre le trottoir, l'auto de M. Philippe. Avant de tourner dans le chemin rustique des Barrière, il s'arrêta une seconde, par curiosité de gueux toujours à l'affût de bonnes occasions de quémande. Comme M$^{me}$ Ravin accompagnait son fils à la voiture, il eut envie de leur présenter quelque prière. Mais ils ne l'auraient pas écouté. Car ils semblaient tellement soucieux qu'ils ne le regardèrent même pas. Alors, de ses jambes cagneuses, il s'engagea dans le chemin et, sans hésitation, il pressa le timbre a la porte des Barrière.

Celui-ci, dans le fond du jardin, parmi la jolie clarté du soleil matinal, déblayait d'un amas de feuilles mortes une rangée de fins roseaux japonais.

— Me voilà ! salua Micquemic.

— Je savais qu'aujourd'hui tu ne manquerais pas au rendez-vous. Nous verrons si plus tard tu seras également exact.

— Plus tard, quand vous voudrez.

— En attendant, vaurien, prends ce billet de cinquante. Seulement, tu sais, ce n'est pas pour acheter ton témoignage. J'entends que toujours et partout tu dises la vérité.

— Ce n'est pas difficile.

Micquemic, qui s'était emparé du billot pour l'enfouir dans la poche de son pantalon tout bariolé de rapiéçages, aurait maintenant, pour complaire à M. Barrière, consenti à renier ses père et mère.

— Et M. Barrière, savez-vous ce que je viens de voir !

— Ne mens pas, au moins.

— Par exemple !... Dans quel intérêt mentir !... J'ai vu, devant la porte des Ravin, une auto, et puis M^me Ravin qui accompagnait M. Philippe. Il doit partir pour un long voyage, puisque l'auto est chargée d'une malle.

— Partir !... Pourquoi donc ? fit Barrière, ébahi. Hier soir, pourquoi me l'a-t-il caché ?

— Il n'avait pas l'air content.

— Brave garçon ! Il désespère trop tôt, lui aussi. Après tout, ça va très bien pour mon affaire.

Barrière, qui avait murmuré ces dernière mots tout bas, releva le front, et presque étonné de retrouver auprès de lui ce Micquemic encore souriant de satisfaction, il le congédia d'un geste. Micquemic s'éloigna, baladi-baladan, le dos courbé.

Barrière demeura songeur devant ses roseaux. À vingt reprises, il eut la tentation d'aller à la maison annoncer le départ si imprévu de Philippe. Mais à quoi bon ? Mariette apprendrait assez tôt la déconcertante nouvelle, que sans doute elle interpréterait comme un renoncement de Philippe, une sorte de lassitude et de résignation.

Attaché avec ferveur à la culture de son domaine, qu'il voulait orgueilleux de richesses et de lumières, Barrière n'avait pas la moindre préoccupation des vulgaires besognes du ménage. Au milieu de ses plantes, il oubliait tout, le monde, la ville, sa maison. Un quart d'heure après la disparition de Micquemic, il ne songeait même plus aux sottises qui le menaçaient depuis trop longtemps. Le souvenir ne s'en représentait à lui que dans sa maison, lorsqu'il revoyait sa femme et Mariette.

Celles-ci étaient allées au marché. Barrière ne le savait plus. M^me Barrière s'appliquait toujours de son mieux à distraire sa fille. Hélas ! On connaissait déjà par la ville le départ précipité de Philippe, et cette étrange nouvelle avait surpris les deux femmes dans un magasin. Elles rentrèrent bien vite à leur maison, fort émues. À midi, un coup de cloche rappela Barrière au fond du jardin. Il arriva tout guilleret, content de ce soleil d'hiver qui réjouissait la terre. Mais quelle ne fut pas sa stupéfaction de trouver dans la salle à manger sa femme et sa fille, assises, consternées ! Sa femme, par timidité, détourna la tête ; Mariette fixa sur lui ses beaux yeux noirs, étincelants d'un chagrin où se mêlait de la colère.

## CHAPITRE XIV

Il s'arrêta soudain, les talons joints, comme un soldat à l'exercice.

— Qu'y a-t-il, mon Dieu !

— Il y a, papa, que Philippe est parti.

— C'est ça qui t'inquiète !... D'abord, mon enfant, est-ce que tu ne renonces plus à ton mariage ?

— Tant que Philippe restait là si près de nous, qu'il venait, sinon en fiancé, du moins en ami, nous rendre visite de temps à autre, je gardais, malgré tout, sans oser me le dire à moi-même, un espoir que, lorsque cette bourrasque de médisances se serait éloignée, on pourrait tout doucement renouer le mariage. À présent, au contraire !... Il est parti !

— Pas pour l'éternité, voyons !

— Non. Mais il n'a pas eu même la politesse de nous faire ses adieux.

— C'est troublant, je l'avoue, il doit avoir une raison.

— Laquelle ? Je n'en vois pas.

— Parbleu ! Tu n'es pas Philippe. À son retour, il nous expliquera les motifs de sa fugue. D'ailleurs, il lui est impossible de rester longtemps éloigné de son magasin, puisque son père est absent.

On n'avait jamais vu Barrière si jovial. Il s'approcha de Mariette à pas câlins, caressa doucement sa nuque, ses épaules, et tout en épiant sa brave femme, dont la tristesse s'apaisait déjà, il dit d'une voix consolante :

— Tout s'arrangera, ma petite, j'en suis sûr. Et bientôt !... Ne vous inquiétez pas.

— Il ne faut pourtant pas comme les Jalade du *Château Vert*, répondit Mariette, croire béatement que tout s'arrange parce que tel est notre bon plaisir. Depuis quelques jours, tu t'enveloppes de mystère. Pourquoi, papa ? Mets-nous un peu au courant de tes projets. Si tu as des nouvelles encourageantes, tu devrais nous en faire part.

Barrière hésita un moment, le bout des doigts sur ses lèvres, qu'il avait grasses et rouges.

Brusquement il s'écria :

— Non ! Pas encore !

— Pour nous aussi tu as des secrets ? Tu penses bien que nous ne les dévoilerions à personne.

— Pardi ! Je le sais… Seulement, vous m'appelleriez peut-être toqué ou présomptueux. Et vos critiques ébranleraient ma foi, que je veux intacte dans le succès de ma tentative.

— Comme tu voudras, mon ami, murmura M^me Barrière, tandis que Mariette faisait la moue.

Il frappa dans ses mains :

— Assez bavardé !… À table ! À table !…

Il avança sa chaise, et dépliant sa serviette, il ajouta :

— Je vous dirai même que je me félicite de l'absence de Philippe et de son père. Il semble que la Providence m'assiste dans mes intentions, que je veux réaliser seul. Ainsi, on ne pourra pas prétendre, pour diminuer mon mérite, que je dois mon succès à l'affection ou à la compassion de qui que ce soit. Et j'en serai plus fier.

— Tu es drôle, papa.

— Oui, je suis drôle. Mais nous sortirons bientôt de notre cauchemar, et tu constateras qu'une fois de plus j'ai eu raison. Allons, sers-nous, Mariette.

On ne parla plus, par une sorte de prudence, pour ne pas retomber en des inquiétudes d'ailleurs si inutiles, ni du départ de Philippe, ni du secret de Barrière.

Celui-ci, après qu'il eut savouré, en vieux gourmet, sa tasse de café bien chaud, s'en retourna, comme tous les jours, à son jardin. Assez loin, au delà de la grande serre, il travailla sur une légère butte à arracher des mousses malfaisantes au pied des mimosas qu'il y avait plantés. Vers quatre heures, il descendait à la maison pour un moment de repos, lorsqu'il aperçut, en compagnie de sa femme et de sa fille, M^me Ravin qui s'apprêtait à franchir la porte de l'enclos. Les trois femmes l'aperçurent également, et pour l'attendre elles demeurèrent immobiles, souriantes.

— Monsieur Barrière, dit M^me Ravin, vous travaillez donc toujours ?

— Toujours. C'est si amusant !

— Je suis venue excuser mon fils auprès de ces dames. S'il s'est subitement décidé à s'en aller sur le littoral faire quelques promenades, et je ne sais pas pour combien de temps, il ne le sait pas lui-même, c'est qu'ici vraiment il souffrait trop. Il ne vous a pas fait ses adieux, parce que votre amitié aurait cherché à le retenir, et il n'aurait plus eu le courage d'entreprendre cette randonnée qui ne peut que lui être bienfaisante. Mais tout s'arrangera, allez, j'en suis sûre.

— Moi aussi, j'en suis sûr, déclara Barrière. Cependant, — et vous me direz que cela ne me regarde pas, — pourquoi, en l'absence de son père, quitte-t-il son magasin ?

— Oh ! nous avons le fondé de pouvoir. Et puis, mon mari ne tardera pas à rentrer... Ah ! ces enfants ! monsieur Barrière, nous les aimons trop. Allons, au revoir !

M$^{me}$ Ravin embrassa une dernière fois Mariette, qui était devenue rouge de confusion, et tout exubérante de confiance et de cordialité, elle franchit le seuil de l'enclos.

— Je suis pressée. À bientôt !

## CHAPITRE XV

Au *Château Vert*, on pressentait, malgré les clartés d'optimisme qui passaient toujours dans les magnifiques parages du Grau, quelque catastrophe. On aurait bien voulu la conjurer, mais chacun manquait de cette vertu trop rare de reconnaître ses torts. Les Jalade, surtout leur fille, auraient cru s'humilier trop, presque se déshonorer en se rendant à Agde, chez leurs charitables amis, solliciter l'oubli de leurs sottises et de leurs méchancetés. À présent, le mal était accompli, sans doute irrémédiable. Il faudrait un miracle, l'intervention du dieu Hasard, pour que les deux familles eussent le privilège de renouer leur confiante amitié.

Or, le miracle semblait au moins se préparer. Ce matin, Thérèse n'apprenait-elle pas que Philippe avait à l'improviste, l'avant-veille, quitté Agde en véritable fugitif, et qu'il s'en était allé à l'aventure sur les routes du littoral distraire la fatigue de son esprit et de son cœur ? Aussi tôt, elle courut annoncer la bonne nouvelle à sa mère, qui, là-haut dans le petit salon séparant leurs deux chambres achevait sa toilette.

— Ah !... fit M$^{me}$ Jalade, étonnée. Tu es sûre, petite ?

— Très sûre. C'est le pêcheur qui, en revenant de la Marine, me l'a dit. Il parait que dans Agde on ne parle que de cette fugue inattendue.

— Mais alors, dis-moi, ce ne serait pas mauvais pour nous.

— Philippe doit comprendre, à la fin, que cette Mariette, qui change si vite d'opinion dans une question aussi sérieuse que celle du mariage, n'est pas assez bien élevée pour lui. Car, en somme, abandonner un fiancé comme ça, sans raison plausible, c'est une injure. Il doit y avoir, dans tous les cas, quelque chose là-dessous.

— Pardi ! Et alors, qui sait ? Philippe comprend maintenant où sont ses véritables intérêts. Ici, pas vrai ? Nous l'aimons tous. Non certes pour sa fortune, mais pour le charme de sa personne, pour ses qualités, et puis à cause de tant de liens qu'un simple malentendu ne pourra jamais briser. Après tout, les Jalade ont reçu une autre éducation que les Barrière.

— Je crois bien, petite. D'abord nous possédons autant de fortune que les uns et les autres, davantage peut-être. Une fois que nous serons débarrassés de nos dettes, quelle famille sera plus enviable que la nôtre ?

Et dans leur aveuglement, Mᵐᵉ Jalade et sa fille s'excitaient à une crédulité si orgueilleuse qu'elles finissaient par admettre le retour prochain, presque repentant, du gentil Philippe, qui d'ailleurs avait bien, lui aussi, *pécaïre !* le droit de se tromper.

— Alors, dis, maman, si tu essayais de voir la maman de Philippe ?

— Bigre ! voilà une corvée qui n'a rien de réjouissant.

— Puisque la maman de Philippe est seule, ce sera plus facile… Un matin, dis ? elle t'inviterait certainement à déjeuner.

— Oui, diable !… Nous verrons ça ; il faut réfléchir. J'ai l'habitude de réfléchir, moi.

Durant toute la matinée, le beau miracle de s'en retourner chez les Ravin et d'y ressaisir Philippe, toujours sage, alimenta leur conversation… Elles avaient oublié tout à fait Micquemic et ses racontars. À table, où l'on se mit assez tard, parce que Jalade était allé à Agde renouveler quelques provisions, elles trahirent bien vite un frémissement de plaisir et d'impatience.

— Que vous êtes contentes ! leur dit Jalade.

— Oui, mon ami, répondit sa femme. Tu ne devines pas pourquoi ? Tu ne devines jamais rien…

## CHAPITRE XV

— Ma foi, je ne suis pas sorcier.
— C'est ça, fais de l'esprit, Benoît.
— Oh ! maman, ne vous disputez pas !… intervint Thérèse, soucieuse de ne pas troubler les douceurs de son espérance.
— Benoît, tu ne sais pas que Philippe est parti précipitamment, qu'il a tout lâché ?
— Tout lâché !… Oh ! Oh !… Comme tu y vas !
— Bon ! Te voilà toujours pessimiste !… Alors, tu ne crois pas que Philippe nous ait, malgré tout, gardé son affection ?
— Si, je le crois. Mais je crains aussi que vous ne vous égariez, une fois de plus, dans des rêves mirifiques.
— Avec toi, on ne ferait jamais rien, on croupirait dans ses ennuis. Eh bien ! tu sais, j'ai décidé d'aller bravement demain chez Eugénie, sans façon, comme toujours. Si tu ne me vois pas rentrer à midi, ce qui est probable, c'est qu'elle m'aura invitée à déjeuner.

Benoît avait trop de bon sens, trop d'expérience, pour ne pas sentir le péril où sa femme allait de gaieté de cœur se précipiter, et tous avec elle. D'autre part, il redoutait les interminables bourrasques de sa rancune, le désordre puéril de ses prétentions et de ses fantaisies. Même s'il la contrariait davantage, ne risquait-il pas de l'exaspérer dans ses maladresses ? Prudemment, il prit donc le parti de se taire, hochant la tête de temps à autre, en signe de vague approbation.

Son mutisme, bientôt, indigna l'irascible Irène :
— Tu es un sot !… Tu as peur de moi, je le comprends. Pourtant, je ne te reproche rien, je ne te veux aucun mal.
— Je l'espère, bourdonna ce pauvre Benoît. Allons, calmons-nous.
— Oui, parfaitement !… Je déjeunerai demain chez les Ravin.
— Tant mieux, mon amie, tant mieux !
— Et nos affaires, malgré toi, par une manière habile d'envelopper, de séduire les gens, se rétabliront à merveille.

Thérèse, qui regardait son père avec un peu de pitié mêlée de tendresse, dit tout bas :
— Maman, tu as raison.

Il y eut un silence. Puis, non sans ménagemont, Benoît, très calme, résigné désormais à subir, après tant de revers, de nouvelles défaites, aiguilla la conversation sur la question, si chère à sa femme et à sa fille, des agrandissements de l'hôtel. Et l'on se retrouva d'accord.

Le lendemain, ainsi qu'elle l'avait promis, Irène se rendit à Agde, vers dix heures. N'y avait-elle pas toujours des comptes à régler, des emplettes à faire ? Après des visites à sa couturière, à sa modiste, elle entra dans un magasin de chaussures, la plus riche de la ville. Là, elle ôtait à peine ses souliers pour en essayer de neufs qu'Eugénie se présenta, lente, coquette, heureuse.

— Tiens !... s'écria Irène. Quelle rencontre ! Comment vas-tu, Eugénie ?... Il y a si longtemps !...

Eugénie avait soudain changé d'allure et, fronçant le sourcil, elle ne s'approcha qu'à regret de son amie, qui, contrainte de ne point quitter sa chaise, lui tendait la main.

— Il y a longtemps, en effet, répondit-elle.

Ayant du bout des doigts effleuré, la main qui lui était tendue, elle se détourna, aussitôt, indifférente. Le patron déjà s'empressait auprès de M$^{me}$ Ravin, qui n'achetait que des chaussures à la dernière mode, les plus coûteuses. Mais elle s'inclinait vers la porte.

— Et ton mari ! Ton fils !... insista cependant Irène. Comment vont-ils ?

— Très bien ! répondit plus sèchement encore Eugénie, qui, s'adressant tout de suite au patron d'un peu haut, ajouta :

— Je reviendrai tout à l'heure, monsieur.

Et M$^{me}$ Ravin sortit, lente, grave, sans accorder un regard à son amie d'autrefois, à la maman de Thérèse, qui devint rouge de honte et de colère.

C'était la rupture. M$^{me}$ Ravin elle-même en éprouvait une douleur profonde, physique aussi bien que morale. Des larmes mouillaient ses yeux, une onde de feu parcourait son corps, qui un moment chancela de vertige. Heureusement, la rue était déserte.

Oui, c'était la rupture. Et, ma foi, par dignité, n'aurait-on pas dû la provoquer plus tôt avec ces bavards du *Château Vert*, dont les médisances finiraient par compromettre les plus innocentes de leurs victimes ? Car chez les Ravin ne subsistait plus aucun doute que la calamité qui frappait l'excellent M. Barrière, et par répercussion les deux fiancés et leurs familles, provenait des malices de cette petite

## CHAPITRE XV

vipère de Thérèse, sottement soutenue par sa mère. Néanmoins, on était liés depuis toujours avec les Jalade. Et les Ravin, en dénonçant de leur propre initiative les abominables défauts et les péchés de leurs anciens amis, n'eussent-ils pas manqué à la charité la plus élémentaire ?

M$^{me}$ Ravin avait marché au long des rues d'un pas plus ardent qu'à l'ordinaire, sans trop savoir où elle allait. Sur la place de la Marine, les cris et les rires des marchands et des ménagères lui rendirent tout à coup le sens de la réalité familiale. Dans la douceur du gai soleil, la vue de tout ce monde insouciant apaisa son esprit. Afin d'utiliser ses deux heures de matinée, elle passa chez quelques-uns de ses fournisseurs.

Un peu avant midi, elle s'en retournait à son castel, lorsque, sur la place du pont suspendu, elle rencontra M. Barrière qui rentrait également chez lui.

— Tiens, cher monsieur, que faites-vous ici ?

— Ah ! madame, je viens d'accomplir ma prouesse.

— Votre prouesse ?... Ah ! oui, je sais : le secret dont vous nous parlez souvent.

— Oui, madame, le secret libérateur. À présent, je puis vous le révéler.

— Voyons ça.

M$^{me}$ Ravin, cheminant à côté de M. Barrière, frémissait d'une impatience rieuse, et tous les passants, les boutiquiers sur leurs portes, les épiaient longuement, non sans sympathie.

— C'est bien simple, madame. Je veux que soit institué sur mon compte, aux sujets des calomnies qui me poursuivent, une sorte de referendum chez les hommes qui seuls importent dans la ville et qui gouvernent l'opinion publique. Je viens donc de la poste recommander une lettre que j'envoie au cercle des Négociants et par laquelle j'y sollicite mon admission.

— En effet, c'est très simple. Il fallait pourtant le trouver, ce moyen aussi ingénieux que décisif.

— Ces notables, dont personne ne conteste l'expérience et la probité, diront si je suis un honnête homme, digne de l'estime des honnêtes gens. J'ai pleine confiance en leur verdict. Et nous verrons si quelqu'un osera le discuter. Notez qu'on vote au scrutin secret.

Chacun est tout à fait libre, par conséquent, d'exprimer son sentiment. Je n'ai pas besoin d'ajouter, madame, que je n'esquisserai pas le moindre geste pour obtenir un seul suffrage de complaisance.

— Je vous reconnais bien là, monsieur Barrière.

— Autre chose. Je veux l'unanimité des suffrages. Sinon je me retire dans la paix de mon jardin, d'où je ne sortais guère, et d'où alors je ne sortirais plus. Enfin, promettez-moi, madame, de ne rien répéter à qui que ce soit de mes intentions, que je ne modifierai pas pour un empire.

— Non, je ne dirai rien. Soyez tranquille. Cependant, permettez qu'à mon tour je vous adresse un reproche.

— Lequel ?

— Celui de n'avoir pas attendu la présence de mon mari et de mon fils.

— Pardon, madame. Je l'ai fait à dessein. J'entends que personne n'intercède en ma faveur : je veux que chacun des membres du cercle manifeste son opinion en pleine indépendance.

— Très bien ! Parfait ! Vous êtes admirable, monsieur Barrière, fit avec émotion M$^{me}$ Ravin. Vous avez mille fois raison : c'est à visage découvert que vous affrontez la bataille, et je suis bien sûre que vous triompherez.

— Certes, moi aussi, j'en suis sûr. Mais ne dites pas que je suis admirable, ni courageux, car je n'ai rien, absolument rien, à redouter de ma conscience... Après tout il faut en finir de ces ignobles histoires !

— Et, ce sera bientôt, le scrutin ?

— Bientôt. C'est aujourd'hui samedi. Il faut, selon les statuts du Cercle, qu'une candidature soit affichée sur ses murs pendant au moins une semaine. Donc, le scrutin aura lieu dimanche prochain, de demain en huit.

— Comme on va cancaner dans la ville ! Vous allez devenir le grand personnage.

— Malgré moi, et c'est la seule chose qui m'ennuie. Enfin, tant pis !... Ah ! nous voici chez nous. Dites bien le bonjour à chacun de ces messieurs quand vous leur écrirez. Au revoir, madame !...

Barrière partit dare-dare dans son chemin rustique. Chez lui,

## CHAPITRE XV

il rentra si guilleret, tout frais de bon vent et de bon soleil, que Mariette et sa mère s'étonnèrent.

— D'où viens-tu donc ?

— Je viens, je viens… ma mie, ma vieille femme !… d'accomplir ma prouesse. Je vais maintenant trahir mon secret devant vous.

Et il répéta les mêmes paroles qu'il avait dites tout à l'heure à la mère de Philippe. Sa femme, qui était assise sur une chaise basse, auprès de la cheminée, demeurait en extase, les mains jointes, son visage pâle plissé d'un sourire. Mariette, qui se tenait debout, le dos au feu avait saisi tout de suite la pensée profonde de son père, le noble défi que, seul dans la lutte, il portait aux hommes éclairés de sa race, et par-dessus leur puissant aréopage désintéressé, à toute la population de la ville, au peuple que ne guide guère, comme un troupeau, lorsqu'il est livré à lui-même, que l'instinct.

À mesure qu'il exposait les motifs de sa résolution, Mariette tressaillait d'orgueil et de contentement. Son beau visage de brune au teint mat avait le brillant d'une soie que le reflet d'une lumière caresse, et dans ses grands yeux noirs aux longs cils passait par intermittences l'éclat d'une joie fervente.

Quand il eut achevé, tout frémissant de son audace à se mesurer seul avec toute une ville, sa femme, dont l'âme simple se flattait d'avoir un tel mari, doué de tant d'intelligence, laissa tomber sa tête entre ses mains et se mit à pleurer silencieusement. Mariette, après une seconde de béatitude, s'approcha de son père et l'embrassa, comme aux jours de fête, en lui disant :

— Quelle idée merveilleuse tu as eue, mon père !… Mais pourquoi nous l'as-tu cachée si longtemps !

— Vous auriez pu en parler à quelqu'un, y faire allusion. Or, je veux que ce soit une surprise pour tout le monde et qu'ainsi personne ne me soupçonne, aussi peu que ce soit, d'avoir sournoisement préparé le terrain de mon élection. Car je serai élu, cela n'offre aucun doute.

— Aucun, mon ami ! lui cria sa femme.

— Je resterai prisonnier ici, dans mon jardin, jusqu'au dimanche du grand événement… À présent, ne faisons plus les enfants. Dressez le couvert, c'est l'heure.

Le soir même, se propageait par la ville la grande nouvelle

que M. Barrière, qui avait jusqu'à ce jour vécu à l'écart du monde, posait sa candidature au Cercle des Négociants. On la commenta partout, dans les familles, dans les cafés, dans les plus humbles cabarets. Ce geste d'altier défi déconcerta les aigris et les envieux, chez qui la médisance semble être une profession, et il imposa aux autres, sinon quelque réserve en leurs propos souvent légers, du moins l'obligation de réfléchir aux conséquences d'une calomnie aussi absurde que lâche.

Le lendemain, parmi les membres du cercle, plus nombreux le dimanche, il y eut des entretiens courtois, discrets, mais d'une passion croissante, au sujet de cette candidature. Personne ne pouvait rien reprocher à M. Barrière. Le plus riche des négociants en vins reconnut hautement que l'ami des Ravin était un homme d'ordre et de sagesse, qui avait gagné sa fortune uniquement par ses initiatives et son travail. Le président du Tribunal de commerce déclara que le maître horticulteur honorait par son art terrien la ville d'Agde, qu'il l'avait dotée d'un nouvel élément de prospérité ainsi que d'une parure. Et le président ne cacha point qu'il voterait pour M. Barrière.

Le soir même, alors que le soleil à la fin de sa course, touchait à peine le front des Cévennes, l'opinion des gens du peuple, aussi frêle que la voile dont s'amuse le vent du large, était retournée complètement, dans le bon sens, le sens de la clarté. Pardi ! quel était donc l'imbécile ou le goujat qui avait osé suspecter l'honneur de M. Barrière un homme si discret, si travailleur, qui jamais n'avait nui à son prochain et qui n'affichait aucune vanité de sa for tune ! Personne ne se souvenait plus ; on ne voulait plus se souvenir des injures qui avaient traîné partout, jusque sur les chemins du Grau.

Pour que s'effectuât une si rapide volte-face dans l'attitude d'une ville de onze mille habitants, il avait simplement suffi que la victime de ces bavardages, renonçant à une impassibilité dédaigneuse, dressât devant les assauts de tout le monde son front loyal et manifestât enfin une velléité de se défendre. Et puis, le scandale avait trop duré ; on en ressentait une lassitude, on éprouvait le besoin de changer le motif des commérages. Au bout de trois jours, non seulement chacun repoussait avec dégoût l'hypothèse d'un Barrière malhonnête, mais tous s'accordaient a célébrer ses louanges.

Barrière seul, toujours calme dans son jardin, ne se préoccupait pas plus des caprices de l'opinion que des variations de la température. Pourtant, sa femme, qui avait dû, à deux reprises, aller au centre de la ville, chez des fournisseurs, avait remarqué que, dans la rue, les passants l'épiaient avec sympathie, et dans les magasins les marchands l'entouraient de flatteries, parfois gênantes.

Aussi, le jeudi matin, invita-t-elle Mariette à l'accompagner au marché. Mariette accepta volontiers, curieuse qu'elle était d'observer elle-même l'humeur agréable du monde. Elles sortirent d'un pas allègre. Des boutiquiers qui flânaient sur leurs portes, les saluèrent bien bas.

À la Marine, où s'agitait déjà une foule de ménagères on s'écarta, non sans déférence, pour leur livrer passage. Des marchandes les appelèrent d'une voix complimenteuse :

— Madame Barrière, il ne vous faut rien aujourd'hui ?

— Non, merci.

— Ce n'est pas cher. On sait d'ailleurs que vous pouvez mettre le prix.

— Oh ! oh !... pardon ! Il nous faut économiser, aujourd'hui comme hier.

Tout à coup, la marchande qui, l'autre jour, les avait accablées d'insultes, interpella M$^{me}$ Barrière et sa fille d'un élan, avec la même sincérité gaillarde dans l'amitié que dans le mépris.

— Hé ! madame !... Nous avons du beau rouget, bien frais... Hé, que diable on n'est pas brouillées, je pense !

M$^{me}$ Barrière, tirant par la main sa fille qui regimbait un peu, céda par charité à tant de prières.

— Allons, mademoiselle, repartit la marchande, ne me faites pas grise mine. Vous êtes si jolie !... La plus charmante de nos jolies tourterelles !

— Vous me flattez beaucoup ce matin.

— Bah | on a quelquefois, comme ça, dans notre Midi, des paroles vives en l'air. C'est le soleil qui veut ça, surtout quand on a des contrariétés de chez soi. Mais le cœur est bon. *Té !...* Pesez-moi ces rougets ! Il y a longtemps qu'on n'en a pas vu de pareils.

La marchande tripotait de ses doigts énormes les poissons aux écailles d'argent et de pourpre, qui exhalaient une forte odeur de marée ; dans le creux de ses mains gluantes, elle les faisait danser. M^me Barrière lui on acheta sa provision, sans lésiner. Et l'on se sépara comme à regret, en échangeant des compliments.

Lorsqu'elles purent cheminer tranquillement, sur le trottoir, dans la direction de leur maison, M^me Barrière dit à sa fille :

— Eh bien !... Les jours se suivent et ne se ressemblent pas ?

— Que c'est vrai ! Avec quelle facilité change l'opinion du monde !

— L'esprit du monde est une girouette.

À la maison, une surprise les attendait. Leur bonne, en allant dans le voisinage acheter quelque objet de cuisine, avait reconnu devant la grille des Ravin l'auto de M. Philippe. C'est que M^me Ravin avait, dès la première heure, annoncé à celui-ci, ainsi qu'à son mari, la candidature de M. Barrière au Cercle des Négociants. Quand la lettre eut touché, un peu tardivement, Philippe à l'une de ses étapes, à Beaucaire, il s'était mis en route pour Agde.

M. Ravin avait répondu à sa femme qu'une affaire importante le retenait encore à Paris, mais qu'il comptait bien se retrouver, la veille du scrutin, au milieu de ses amis du cercle.

Midi allait sonner. Sûrement, lorsque Philippe se serait débarrassé de la poussière de son voyage, il s'empresserait d'accourir chez les Barrière, après déjeuner.

Depuis le départ si brusque de Philippe, quel visage nouveau, radieux de bonne grâce et d'espérance, avait revêtu, aux yeux de Mariette, la réalité des choses ! C'était le courage de son père qui avait accompli le miracle.

Et, dans l'âme de Mariette, le courage aussi s'était ranimé, et la gaieté, comme la chanson à l'oiseau, et le désir d'aimer, comme le parfum à la fleur dont le soleil boit la rosée.

On déjeuna dans un frémissement de plaisir mêlé d'anxiété. La bonne apporta les tasses de café. Bientôt Barrière s'en retournerait à son travail, dans le jardin. Et Philippe, cependant, ne se présentait pas. Mariette désespérait déjà, sans rien trahir de son inquiétude, lorsque dans le couloir elle reconnut le pas de Philippe. Elle se mit debout, au coin de la cheminée, et fixant d'un regard aigu la porte, elle eut une peine étrange de sentir qu'une flamme envahissait soudain ses joues.

La porte s'ouvrit, lentement. Philippe apparut, le teint hâlé, l'allure calme, mais tout souriant de tendresse. Son regard rencontra aussitôt celui de Mariette, et sans prononcer un mot, devant leurs parents aussi troublés qu'eux-mêmes, ils se jetèrent dans les bras l'un de l'autre. Philippe se délivra doucement de l'étreinte, et, la voix tremblante, il dit :

— J'espère, Mariette, que vos appréhensions sont maintenant dissipées et que vous êtes mienne toujours ?

— Oui, Philippe, répondit-elle sur un même ton de sagesse. Je ne vous ai jamais quitté, vous le savez bien ; je suis à vous toujours. Il faut que je le déclare aujourd'hui, à cette heure même : oui, je reste fidèle à mes sentiments de fiancée. Si j'attendais le résultat du scrutin de dimanche, ne serait-on pas en droit de croire qu'ici nous avons douté de la sympathie des notables ?

— Personne n'en doute, ma chère fiancée. Mais que votre père me permette de lui adresser mes plus vives félicitations. Dans le secret, qu'il nous cachait si jalousement, il a vu avec raison un sûr moyen d'anéantir les commérages, si absurdes, de tant de bavards.

Barrière s'approcha de Philippe, et lui posant une main sur l'épaule, il lui parla, les yeux dans les yeux :

— Des bavards, la mère de Mariette m'assure qu'il n'y en a plus, sinon pour célébrer mes mérites. Car il paraît maintenant que j'ai de grands mérites. Mais, Philippe, vous êtes revenu bien vite à Agde, quand vous avez appris ma candidature ?

— Je suis revenu tout de suite, pour vous assister de mon mieux. Mon père également…

— Non ! Non !… Philippe, si vous voulez me rendre un service, je vous supplie de ne pas prononcer un mot, de ne pas esquisser un geste en ma faveur. Je veux que mon élection se réalise dans la plus complète indépendance. Pour que ma victoire soit un triomphe, il faut que chez vous comme chez moi nous gardions tous le silence le plus absolu.

Philippe, étonné d'abord, eut un moment d'hésitation devant l'excellent homme qui, le front haut, les lèvres serrées, l'observait fixement.

— Vous avez raison une fois de plus, dit-il, nous garderons le silence.

— Oui, mon fils. C'est l'honnête manière, croyez-moi.

— J'obéirai.

Et Philippe pressa chaleureusement entre les siennes les mains franches de Barrière.

— Allons, mon fils, au revoir ! N'oublions pas le travail.

— Je ne l'oublie pas non plus, mais vous me permettez aujourd'hui de rester ici plus longtemps que les autres jours.

— Vous avez toutes les permissions. Pas besoin de discours pour se comprendre. Vous voyez bien que je vous appelle mon fils.

Barrière referma la porte sans bruit, en souriant avec gentillesse. Il y eut un silence. Le petit soleil de fin janvier, qui se faisait hardi, répandait par le jardin une nappe de lueur blonde, et sur le vitrage colorié de la maison il jetait un rayon indiscret. M$^{me}$ Barrière s'était assise dans son fauteuil de chaque après-midi. Et, les mains jointes, elle admirait de nouveau les deux enfants, le bon Philippe qui d'une caresse chaste enlaçait la taille de Mariette, et Mariette qui, les yeux baissés, tremblait d'amour et de joie.

## CHAPITRE XVI

Philippe sortit assez tard de chez les Barrière, au moment où le crépuscule blanchit la rue. Il traversait d'un pas rapide, pour se rendre à son magasin, la route neuve qui longe son parc et monte vers la plaine de sable, lorsqu'il croisa Micquemic.

Celui-ci ne le reconnut point. Pressé de rentrer chez lui avant la nuit, il titubait un peu au milieu de la chaussée, et il serrait entre ses bras, contre son cœur, une bouteille. Aussi longtemps qu'il marcha sur la route très large, il ne risqua pas de choir. Mais sur le sentier sinueux, qui se déroule à la base de la colline de laves, où là-haut l'attendait sa masure, il broncha contre des pierres, contre des racines de roseaux. Certes, il avait l'habitude de ces parages rocailleux, et toujours il franchissait habilement chaque obstacle.

Mais l'ombre devenait épaisse sur la plaine de sables, sur la mer qu'on entendait gronder lourdement, là-bas. Au loin, sur les gradins de la montagne Saint-Clair, qui supporte la ville de Cette, les « baraquettos », éparses dans les vignes et les bocages, allumaient leurs lampes et leurs lanternes, plus brillantes qu'au firmament les étoiles. Ici tout proche, les trois maisons isolées du Cap ressemblaient n'ayant point de lumière, à de grands rochers plus noirs que l'ombre, sur le bord des vagues qui roulent sans fin les galets et les coquillages.

Maintenant Miquemic suivait le sentier capricieux sur le bord de l'étang de Luno, un étang profond, sans reflet, qui sommeille d'un éternel repos parmi la brousse de vigoureux ajoncs et de nénuphars aux larges feuilles. Micquemic, de plus en plus, haletait de fatigue, de crainte aussi. Car il avait trop bu au Cabaret Catalan, place de la Marine : il tenait mal son équilibre, il ne voyait plus du tout l'eau perfide, dont il respirait pourtant l'âcre émanation.

Tout à coup il heurta de l'épaule un bouquet de roseaux. Sous le choc la bouteille lui échappa, bouteille de vin précieux, qu'il voulut aussitôt rattraper. Mais, dans la violence de son élan maladroit, il s'écroula d'une masse dans l'eau profonde. Éperdu de colère, il se débattit désespérément, appela au secours. Hélas ! personne ne pouvait percevoir son appel. N'ayant guère de raison, presque pas de force, les ajoncs et les nénuphars entravèrent ses bras et ses jambes, bientôt le ligotèrent. Et l'étang de Luno, comme cela chaque année lui arrive deux ou trois fois, garda sa proie…

Là-haut, Julia, sa femme, veilla tard pour l'attendre dans la désolation. Elle tenait à Micquemic, non peut-être par affection pure, mais par accoutumance, parce qu'un lien de misères et d'humiliations les attachait l'un à l'autre. Humiliations, d'ailleurs, dont ils ne souffraient plus depuis longtemps, depuis qu'ils s'étaient résignés à vivre au jour le jour, au gré des aumônes. Si jamais Julia se trouvait seule sur la terre, comment s'arrangerait-elle, à son âge, pour ramasser les ressources les plus indispensables, parler aux gens de la ville le doux langage du cœur ? Jamais elle n'avait envisagé la possibilité horrible de son isolement dans la vie. Certes elle pâtissait de l'inconduite de son homme, paresseux, menteur, ivrogne. Mais il peuplait sa solitude, il lui donnait du pain. Il avait le génie quelquefois de lui apporter du poisson, plus rarement un morceau de viande. Et si quelquefois aussi il la battait, c'est qu'il était son maître. Que deviendrait-elle seule sur la terre ?…

La première clarté du soleil éveilla Julia sur la chaise, où, auprès de l'âtre froid, elle s'était endormie. Micquemic, son homme, n'avait pas reparu. Reparaîtrait-il jamais ? Elle pressentit le malheur, la méchanceté du sort qui s'acharnait sur elle infatigablement après tant de calamités, elle qui jadis, dans sa jeunesse, avait joui de la bonté des gens et des choses et à qui la vie avait offert ses charmes, comme un jardin ses gentillesses souriantes, au printemps.

Lasse, les reins meurtris, elle voulut néanmoins avoir du courage. Elle mangea du pain, du fromage, but un verre de vin, ce vin délicieux et maudit que son homme aimait trop. Elle enveloppa sa tête, les cheveux et la nuque, à la mode agathoise, d'un foulard noir, chaussa ses forts souliers, et s'en alla vers la ville. Par le même sentier que Micquemic avait suivi la veille, elle longea le bas de la colline, passa sur le bord de l'étang de Luno, où dans la brousse des ajoncs et des nénuphars demeurait enfoui le cadavre.

En ville, sur les quais, à la Marine, dans les cabarets, où Micquemic avait l'habitude de traînailler son oisiveté tantôt geignarde, tantôt rieuse, personne ne put fournir sur lui le moindre renseignement. Au Cabaret Catalan, pourtant, des pêcheurs se souvinrent que, la veille, Micquemic était parti pour la baraque de bois assez content, une bouteille entre les bras.

Julia ne manqua point de le chercher dans les trois églises, dans des auberges, à l'hospice, ni enfin de monter à la Mairie formuler une plainte. Micquemic s'était-il donc évanoui subitement, sans laisser sur la terre aucune trace ? Julia réintégra son logis vers le soir, fourbue, l'âme pleine d'angoisse. Le lendemain, livrée à son ignorance, elle ne sut qu'entreprendre. Elle mangea du pain, son dernier pain, vida sa bouteille, et, tout en pleurs, elle s'endormit sur la pierre de l'âtre.

Puis, le lendemain, qui était le samedi, la tempête souffla pendant la matinée. Julia ne sortit donc que vers trois heures de l'après-midi, quand la mer, sous le baiser du soleil, se fut assoupie. Mais où aller ? La ville était loin. Julia n'y espérait plus de consolation. Elle se dirigea par la plage vers le Grau, vers le *Château Vert*, qui lui avait toujours manifesté de la bienfaisance.

Au *Château*, tout le personnel s'affolait en des préparatifs de grande bataille. Une noce de quarante couverts ne s'annonçait-elle pas à l'improviste pour le dîner de ce soir même. On tuait des poules, des lapins et des canards : on ouvrait dos boites de conserves, des huîtres, on tournait de la rémoulade, on exhibait des buffets les plus belles argenteries et le linge le plus fin ; on était allé à Agde se procurer du pain, des gâteaux et des fleurs. M$^{me}$ Jalade s'agitait

# CHAPITRE XVI

en fièvre de-ci, de-là, distribuant des ordres, morigénant l'un, puis l'autre des serviteurs, même sa Thérèse, qui semblait aujourd'hui ne rien comprendre aux intérêts de l'hôtel, surtout son mari, qui voyageait toujours dans la lune.

C'est dans le tumulte d'un tel branle-bas que Julia se présenta à la porte de la cuisine. Timide, les yeux à demi baissés, elle figura soudain, dans le noir de son vêtement fripé, la statue décourageante de l'indigence et de la douleur. Elle commença de bredouiller ses éternelles prières, en essuyant de temps à autre les larmes qui coulaient sur ses joues. Comme on ne l'écoutait point, elle haussa progressivement le ton de ses patenôtres.

Enfin, M<sup>me</sup> Jalade se tourna vers l'intruse ;

— Quoi ! Qu'est-ce que vous voulez ?

— Vous ne me reconnaissez pas, pardi ! Je suis la femme de Micquemic. Depuis deux jours, je le cherche…

M<sup>me</sup> Jalade s'arrêta incontinent de fourbir ses couteaux sur une planchette saupoudrée de clair d'acier. Thérèse, qui auprès d'elle frottait des verres d'un cristal délicat, leva le front et dit :

— Maman, nous devrions écouter cette femme.

— Pas ici, en tout cas. Les domestiques répètent tout.

Thérèse, d'un signe, entraîna la mendiante, et toutes les trois, en complices qui vont tramer des complots, s'enfermèrent dans le bureau de la direction.

— Nous sommes pressées, Julia. Mais ça ne fait rien. Asseyez-vous sur cette chaise, et n'ayez pas peur.

Julia, étonnée de rencontrer au *Château Vert*, si riche pour elle, plus que de la pitié, une complaisance attentive, s'assit sur la chaise du patron, le dos à la table. M<sup>me</sup> Jalade et sa fille se tenaient debout auprès d'elle, l'une à gauche, l'autre à droite.

— Alors, demanda M<sup>me</sup> Jalade, votre mari a réellement disparu ?

— Oui, madame. Je ne sais pas s'il a disparu. Mais voilà plus de deux jours que je ne l'ai pas vu.

— Oui. On me disait tout à l'heure qu'à Agde tout le monde ne parle que de ça.

— Il était si connu, et il était si brave !… Ah ! *pécaïre !*

— C'est bien ennuyeux pour nous, Julia.

— Pour vous !... *Te !* par exemple !... Et pour moi ?

— Pour vous aussi, naturellement. Mais vous savez bien la chose... la... cassette ?

— La cassette, ah ! quelle blague !

— Une blague ! protesta Thérèse. Micquemic nous à souvent certifié l'histoire de ce vol affreux, et il ne faut pas ; surtout aujourd'hui, nous donner un démenti, profiter de ce que le pauvre homme n'est plus là.

Julia essaya, dans le désordre de ses lamentations, de rattraper sa maladresse. Et, ses larmes coulant en abondance jusque sur sa poitrine, elle supplia :

— Vous savez, mademoiselle, dans le chagrin où me jette le malheur, ça ne m'est pas facile de bien exprimer ce que je pense. Je veux dire que cette affaire de la cassette ne gênera plus M. Barrière, si nous ne retrouvons pas mon homme.

— Juste ! répondit Thérèse, qui devançait l'intervention de sa mère. Il me semble que vous touchez au mystère de cette disparition. Qu'a-t-on fait de votre mari ? Qui donc avait intérêt à le supprimer ?

— Ah ! voilà !... Qui ? Qui ?... Alors, vous croyez que je ne le verrai plus ?

— Comment répondre à votre question, ma pauvre femme ! déclara M$^{me}$ Jalade. Mais tout est possible. On a si vite fait de noyer quelqu'un, le soir, quand il fait nuit, dans l'Hérault ou dans un étang.

À ces mots, Julia s'agita de colère, les mains sur la tête, et vociféra :

— Que m'apprenez-vous là !... Oh ! mon Dieu !... Sainte Vierge !... Mon homme qui s'est noyé !...

— Qu'on a peut-être tué !

— Tué, lui !... Ah ! pardi, il se méfiait si peu ! Il était si brave !... Ah ! madame ! madame ! Et je vais rester seule, sans le sou, sans même un morceau de pain !

— Vous n'avez qu'à dénoncer la chose à la police.

— Je suis allée déjà chez M. le maire, à la « Commune ». Mais tout ça ne le fera pas revenir. Ah ! mon Dieu, et je n'ai rien à manger, rien !...

## CHAPITRE XVI

— Nous autres, nous ne pouvons pas vous donner une aide bien grande, mais c'est très malheureux que Micquemic ait disparu précisément aujourd'hui, à la veille d'un événement qui nous intéresse tous.

— Tous ! Tous !... Oh ! oui, tous ! répliqua Julia, sans trop savoir ce qu'elle disait, les poings à la bouche.

— En ce moment, nous sommes très occupés, mademoiselle et moi. Revenez dans deux ou trois jours.

— Oui. Mais à présent ne pourriez-vous pas me donner un petit quelque chose ?

— Si. À la cuisine on vous donnera. *Té !* Voici deux billets de dix francs. Surtout, n'oubliez pas de vous adresser de nouveau à la police.

— Non... Merci, madame... À bientôt ! Dans deux ou trois jours !...

Et Julia, toujours en pleurs, suivit ses bienfaitrices jusqu'à la cuisine. Thérèse lui remit dans un journal un gros morceau de pain et une tranche de viande froide que l'hôtel ne pouvait plus utiliser. Julia n'en croyait pas ses yeux. Tant de nourriture à la fois ! Elle en ressentit une fierté, qui subitement la délivra de son inquiétude.

— Allons, merci à tout le monde. Bonsoir !

Serrant son trésor entre ses bras, Julia décampa bien vite.

Elle n'avait pas quitté le *Château Vert* qu'on appela M. Jalade au téléphone. Benoît courut à son bureau et empoigna le récepteur. C'était Ravin qui, revenu précipitamment de Paris, informait « M. Jalade » qu'il l'attendait à son magasin lundi soir, après six heures. Ravin avait parlé d'une voix grinceuse, en maître. Mon Dieu, quelle mauvaise nouvelle son ami de naguère allait-il lui annoncer !

Benoît tremblait encore d'émotion, quand dans la cuisine Irène l'interrogea :

— Qu'est-ce qu'il y a ?

— Oh ! rien. C'est Ravin qui m'attend lundi soir.

— Ah ! Ah !... Il ne devait pas rentrer si tôt !... Il vient évidemment soutenir la candidature du futur père de son fils.

— Pourquoi pas ? Il n'accomplit que son devoir.

— Quoi !… C'est comme ça que tu le défends ! Est-ce que vis-à-vis de nous il accomplit son devoir ?

— Allez !… Une querelle. Pourtant, je n'ai rien dit ni rien fait de travers.

— Tu ne comprends rien à nos intérêts. Tu n'as pas de sang dans les veines. Ah ! ce n'est pas étonnant que, malgré le succès de l'hôtel, nous ne soyons pas plus avancés dans nos affaires !…

Benoît leva les bras au ciel, et sans répliquer un mot, il fila dehors, vers le garage.

Le lendemain dimanche, quelle anxiété au *Château Vert* ! Chacun ne songeait qu'à l'élection de Barrière au Cercle des Négociants, et personne, pas même cette étourdie de Thérèse, n'osait en évoquer l'image. Mais dans Agde, de quoi parlait-on le plus : des ambitions de M. Barrière ou de la disparition mystérieuse de Micquemic ? Ne se trouverait-il pas, au moins dans le Cercle, quelques notables assez intelligents pour apercevoir une relation certaine entre les deux événements. Hélas ! le monde n'est guère composé que de sots moutons de Panurge. En tout cas, si Barrière était élu, il ne le serait pas à l'unanimité qu'exigeait ce rapace. Tout de même, quel orgueil pour lui ! Pour le *Château Vert*, quelle défaite ! À force de détester le nouveau riche, futur allié de ces traîtres de Ravin ; à force de lui souhaiter toutes les misères, les Jalade, même Benoît, qui ne connaissait plus une minute de tranquillité, en arrivaient à considérer les Barrière comme des ennemis personnels qui, ne leur ayant causé que du mal, méritaient un châtiment.

Après-midi, ne fût-ce que pour démontrer aux gens du Grau une sérénité parfaite, Thérèse s'attifa d'une toilette élégante, passa sur ses lèvres charnues son bâton de rouge, autour de ses yeux brillants son bâton de noir, farda de poudre son visage au teint très brun, presque cuivré. Et jolie, fraîche, éclatante de jeunesse, elle emmena sa mère sur la plage, pour une longue promenade.

Le soir, les Jalade dînèrent de fort mauvaise humeur, sans échanger la moindre conversation. Ils s'impatientèrent de plus en plus de recevoir quelque nouvelle d'Agde, lorsque la bonne, en servant le dessert, dit tout bas, sur un ton d'indifférence affectée :

— Vous savez que M. Barrière est élu ?

Les trois Jalade tressaillirent de surprise, comme si jamais ils n'eussent prévu ce désastre.

— Qui vous a dit ça ! maugréa M. Jalade, lequel simulait à merveille, pour gagner la bienveillance de sa femme, une indignation profonde.

— Des clients qui arrivent d'Agde, qui le racontent à table d'hôte.

— Pardi ! grommela M$^{me}$ Jalade. On ne doit parler en ville que de cette élection. Tout le monde doit en ce moment féliciter le glorieux vainqueur, qui sans doute célébrera sa victoire en famille, avec nos fameux amis les Ravin. Ah ! mon Dieu, quel scandale ! Et personne n'a pu l'empêcher, pas même toi, Benoît !...

Irène frappait du poing sur la table, épiait du coin de l'œil, pour la plaindre, sa petite Thérèse dont le dépit crispait les traits, un peu rudes, du visage. Benoît avait baissé le front prudemment : le couteau entre les doigts, il découpait en silence le gâteau, que la bonne avait déposé devant lui.

— Et toi, Benoît ! cria Irène, tu ne dis rien ?

— Que veux-tu que je dise ? Tu me rends responsable de la plus mince de tes contrariétés.

— Si tu trouves que cette élection de Barrière n'est qu'une contrariété, tu n'es pas difficile. C'est toi maintenant qui devient optimiste. En attendant, nous ne sommes plus rien. On nous rejette à l'écart.

— Hé ! c'est nous-mêmes qui...

— Moi, pas vrai ? Moi seule !... Accuse-moi encore. Et pourquoi te mande-t-il à son magasin demain soir, ton ami Ravin, comme si tu étais un employé, un domestique !

— Ma foi, je n'en sais rien.

— Oui, c'est ça. Tu ne sais jamais rien. Eh bien, moi, je t'annonce que Ravin, qui n'est, après tout, qu'un homme d'affaires, va, juste à la veille de notre prospérité, nous étrangler ! Il est capable de nous flanquer à la porte de notre *Château Vert*.

Thérèse, qui n'avait pas encore soufflé mot, interrompit d'une voix tremblante sa mère :

— Les Ravin ont donc le droit de nous chasser d'ici ?

— Oui, ma petite. Si le père de Philippe exige le remboursement de notre dette, il est le maître de disposer de notre bien, puisque ton père n'a pas su s'arranger...

Celui-ci, à la fin, protesta :

— Voyons, sapristi ! Ne nous désolons pas avant l'heure. Le père de Philippe a toujours été gentil envers nous.

— Voilà !... Des compliments à nos ennemis !... Tant pis, rien à espérer d'un homme qui a des yeux pour ne pas voir. Ah ! mon Dieu !...

La bonne revenait de la cuisine pour desservir la table. Thérèse, sur un ton de prétentieuse sagesse, l'interrogea.

— Savez-vous si M. Barrière a été élu à l'unanimité ?

— L'una... Ah ! mademoiselle, je ne l'ai pas entendu, ça.

— Bah ! Notre horticulteur n'est pas exigeant, ricana M$^{me}$ Jalade. Unanimité ou non, le voilà classé parmi les notables du pays. Ce n'est pas ça, d'ailleurs, qui peut le blanchir. Il y a toujours la disparition de Micquemic.

— Cela n'a rien de commun, bourdonna Benoît.

— Toi, tu n'acceptes jamais ce qui est simple.

Irène repoussa violemment sa chaise, et Thérèse, boudeuse, regarda une dernière fois de ses beaux yeux pleins de dédain son père qui poussa un gémissement, en se levant de table le dernier.

Dans la grande salle à manger de l'hôtel, les gens de la noce menaient force tapage, chantant, buvant, riant, vociférant. Au son du piano, ils se livrèrent à des danses effrénées, que par intermittences surexcitaient des beuveries de champagne. En véritables conquérants de l'hôtel, si paisible à l'ordinaire, ils dansèrent la farandole, comme au carnaval. Ah ! que ces gens-là étaient heureux ! Et sous le même toit, les Jalade, souffrant de leur joie ainsi que d'une injure, éprouvaient davantage l'amer sentiment de l'humiliation.

À l'aube seulement, le *Château Vert* recouvra sa tranquillité. Thérèse se réveilla tard, un peu avant midi. La journée parut interminable, chargée de détresse. Et quel affront nouveau d'apprendre que le père de Mariette en trait en triomphe chez les notables, dont pas un ne s'était même abstenu ! Tous en chœur lui avaient donné leurs suffrages.

Le soir, Benoît s'apprêta, dès la première ombre, à partir en auto pour Agde. Son âme était triste, dépourvue d'espérance. Irène, méchante qu'elle devenait dans la fureur de ses déceptions et aussi de ses craintes, ne daigna pas lui offrir le réconfort d'une parole caressante. Thérèse se déroba au désir qu'il avait de l'embrasser, comme d'habitude. Il se voyait affreusement seul dans sa misère, et une angoisse l'oppressait malgré tout, de constater qu'à une heure suprême de leur destinée commune sa femme et sa fille méconnaissaient leurs intérêts véritables et qu'elles manquaient de justice envers lui aussi bien qu'envers leur prochain.

Le ciel se couvrait de nuées. Un vent désagréable galopait par l'étendue immense, soulevant le sable, troublant la clarté des lampes électriques qui, de loin en loin, s'échelonnent le long du chemin, secouant çà et là les bouquets de roseaux et les champs d'amarines, sur le bord des vignobles. Toutes les forces hostiles de sa terre bien-aimée semblaient, ce soir, se liguer contre Benoît, qui opposait en vain le meilleur de sa volonté aux menaces du sort,

Néanmoins, il fut exact au rendez-vous chez Ravin, un peu avant six heures. La pluie commençait de tomber.

Le calme morne des chais et du vaste magasin, le noir de la nuit dans les bureaux, tout ce lugubre silence d'un domaine si animé par le travail durant le jour, émut le cœur déjà désespéré de Benoît. Chez Ravin, dans le cabinet patronal éblouissant de lumière, il entra comme à tâtons, en enfant que le sentiment de sa faute intimide. Son ami, sans lui serrer la main, l'invita d'un geste à s'asseoir dans le fauteuil qui était réservé à ses visiteurs. Et, d'un ton sec, il entama sans préambule la conversation :

— Benoît, je ne suis pas content. Tu sais mieux que moi pour quel motif grave. J'aime la franchise dans mes relations, de même que dans mes affaires. Nous ne pouvons plus être des amis.

— Oh !...

— Ta femme et ta fille se conduisent d'une façon ignoble. Tu ne prétendras pas le contraire, je suppose ? C'est en vain d'ailleurs qu'elles outragent encore cet honnête homme de Barrière, que vient de venger la meilleure société de la ville... Et ces calomnies abominables parce que mon fils Philippe doit épouser Mariette, la fille de Barrière !...

— Tu exagères, François. Mon Dieu, je ne dis pas que nous n'ayons été cruellement déçus... Mais peu à peu tout s'efface.

— Non ! Nous avons assez pardonné. Nous ne voulons plus voir ta femme ni ta fille.

— Tu es dur, François.

— Non !... À présent, nous allons régler nos comptes. C'est pour toi, pour te préserver de l'abîme où tu roulerais certainement...

— Pardon nous avons une clientèle de plus en plus nombreuse et distinguée. Notre mauvais temps passera.

— Il ne passera jamais, si tu restes patron responsable, parce que tu seras toujours le même faible, tenu en laisse par ta femme et ta fille. À présent, il s'agit donc de deux choses : punir ta femme et la fille du mal qu'elles ont commis ; éviter pour toi les pires conséquences d'un désordre que tu ne saurais jamais réprimer.

Benoît eut beau protester, supplier en faveur de son Irène, que l'expérience avait guérie de ses excès d'optimisme, Ravin demeura inflexible, sas yeux aigus plantés sur le visage écarlate du pauvre Jalade, que bouleversant la frayeur d'une tempête chez lui, dès son retour au *Château Vert*.

— Apporte-moi, ordonna Ravin, le chiffre total de ce que tu dois à tes notaires et à moi. Je me charge de payer intégralement tes dettes. J'assume, d'autre part, la responsabilité de tous tes biens. S'il y a un reliquat, comme je veux l'espérer, je te le remettrai. Au Grau, tu seras mon gérant, sous ma surveillance, avec obligation de ne décider aucune dépense somptuaire sans mon autorisation.

Benoît se remuait fébrilement dans son fauteuil, répliquait en désarroi :

— Oh ! Oh !... C'est trop humiliant !

— Crois-tu qu'on ignore dans le pays que ta situation est fortement obérée ? Si tu as le courage de te soumettre entre les mains de l'homme désintéressé que je suis, on t'estimera davantage.

— Allons, allons, je ne serai plus qu'un domestique.

— Non, mon homme de confiance. À présent, si ta femme n'accepte pas mes conditions, je ferai vendre tes biens sans délai.

Benoît baissa la tête comme sous le couperet de la guillotine, et de quelques minutes, sans que Ravin eût la bienveillance de le ranimer par un mot de consolation, il ne bougea plus. Enfin, d'un élan d'impatience, il secoua ses épaules, se remit debout :

— C'est bon, dit-il, je suis un vaincu. Impossible de ne pas accep-

## CHAPITRE XVI

ter tes conditions, mais, pour que tu sois devenu si sévère à l'égard de tes vieux amis, il faut que les Barrière t'excitent contre nous.

— Non ! Non !... Tu calomnies, à ton tour !... Moi, je ne subis le joug de personne. Et veux-tu savoir toute la vérité ? Si, au lieu de rester indifférent, les mains dans mes poches, devant la misère qui te menace, je m'efforce de te sauver de la faillite, c'est parce que Mariette, elle surtout, m'a supplié de pardonner à tes femmes et de me montrer indulgent vis-à-vis de toi.

— Si cela est vrai...

— Quoi ! Tu doutes de ma parole !...

— Non ! Non !... C'est tellement beau... Je n'aurais pas cru.

— Oui, crois-moi, étourneau que tu es !... Mariette ne veut pas que son entrée dans ma famille paraisse être une cause de malheurs pour son prochain, mais qu'elle soit au contraire l'occasion de faire du bien à ceux mêmes qui ne le méritent pas.

— Je n'ai plus qu'à m'incliner. Dès que possible, je t'apporterai le résultat de mes comptes.

— Dans huit jours.

— Je tâcherai.

— Dans huit jours. Sinon tout est rompu. Et je te laisse aller à la dérive.

— C'est bien.

Benoît se dirigea rapidement vers la porte. Cette fois, Ravin, dont le visage avait repris son calme, une douceur presque souriante, lui tendit la main.

— Benoît, tu me remercieras plus tard, et plus tôt que tu ne le supposes.

— Peut-être bien. Alors, au revoir !

Le geste amical de Ravin avait soulagé un peu de sa détresse le bon cœur de Benoît Jalade. Cependant il éprouvait un lourd malaise, une honte de se reconnaître aussi pauvre, humilié pour jamais. Ce fut d'une main frémissante qu'il actionna le moteur de sa voiture. Lentement, il gagna le pont suspendu, descendit par les rues étroites et cahotantes sur le quai. La pluie avait cessé. Mais dans ce paysage d'ombres, traversé par les éclairs des lampes électriques, et que hantaient çà et là les miroitements de l'eau farouche, le vent faisait autour de lui parfois des tourbillons de vertige. Aussi ne cheminait-il qu'avec précaution, par crainte de provoquer un accident irréparable ou de s'engloutir lui-même dans le fleuve.

Lorsqu'il arriva au *Château Vert*, le vent ne soufflait presque plus sur l'immense plaine. Des clartés s'éveillaient au firmament. La mer grondait toujours de sa voix de houle et de tonnerre, jetant par-dessus les rochers du môle ses paquets de vagues dont il entendait cracher l'écume.

Il était plus de huit heures. Sa femme et sa fille, à table déjà, l'attendaient avec anxiété.

— Tu y as mis le temps, maugréa Irène.

— Ce n'est pas ma faute. Qu'est-ce que tu vas dire tout à l'heure !

Benoît s'assit à sa place d'habitude, auprès de sa femme, en face de sa fille. Toutes les deux prêtes à l'attaque, le front tendu, le fixaient d'un regard ardent. Il commença, très doux, en avalant son potage par petites cuillerées, d'exposer les raisons puis les décisions irréductibles de Ravin.

Hélas ! Irène et sa fille ne lui permirent point d'achever son douloureux message. Quel ouragan ce fut, de récriminations, d'invectives, de menaces ! Irène pliait, dépliait rageusement sa serviette, la tiraillait sur ses genoux, agitait son couteau, frappait contre la table son verre au risque de le briser. Thérèse, dont une flamme dévorait le visage aux lèvres épaisses, aux yeux mouillés de larmes, aux courts cheveux en désordre, trépignait sur sa chaise, jetait des gestes de malédiction à la face d'un ennemi qui, pour l'instant, semblait être son père. Et l'une autant que l'autre clamaient sans arrêt :

— Impossible d'accepter ça !… Je ne veux pas être moins que ces gens-là !… Une esclave ! ah ! non !… Et c'est ça, nos amis Ravin !…

Benoît avait prévu un tel fracas. Les coudes sur la table, il espéra patiemment, avec résignation, un moment d'accalmie. Enfin, elles se turent, par lassitude. Avant qu'elles n'eussent repris haleine, il insinua sur un ton d'humilité :

— Des dettes énormes nous accablent, et nous avons de grands torts, nous sommes des vaincus.

Sa femme, puis sa fille lui coupèrent la parole :

— Ce n'est pas vrai, nous avons assez de biens pour répondre aux réclamations de n'importe qui... Ce sont les Barrière qui veulent nous anéantir.

— Non ! Non !... Erreur !... Au contraire !... Vous réfléchirez. Moi, c'est tout réfléchi. Il faut s'incliner.

Comme elles vociféraient de nouveau, se débattant désespérément contre la fatalité souveraine qui les tenait désormais entre ses griffes, Benoît perdit patience, et, déposant sa serviette sur la table, il quitta la table en disant :

— Nous sommes des vaincus. Rien à faire !...

Courageux pour la première fois, il s'en alla au dehors respirer l'air bienfaisant du large, apaiser son âme misérable de brave homme dans le bruit sauvage de la mer, dont le courroux était moins à redouter que la furie des deux êtres qu'il chérissait le plus au monde.

## ÉPILOGUE

Deux mois après, on célébra le mariage de Philippe et de Mariette. C'était un mardi, par l'un des premiers beaux soleils du printemps. À la fin d'un exquis déjeuner de famille dans la grande serre du jardin de Barrière, les deux témoins au mariage, le président du Cercle des négociants, et le riche minotier de la Digue s'en retournèrent à leurs affaires. Bientôt les familles des mariés émirent ensemble le désir d'aller dans le voisinage faire un tour de promenade par les champs de sable et de rocailles, que traverse la coulée de lave et que pare l'immobile clarté du petit étang de Luno.

M. Barrière donnait le bras à M$^{me}$ Ravin qui souriait ainsi qu'à l'ordinaire, heureuse du bonheur de son fils. M. Ravin donnait le bras à M$^{me}$ Barrière, qui dissimulait mal, elle si modeste, son orgueil. Les jeunes mariés marchaient devant, sur la piste charretière zigzaguant vers les trois maisons blanches au toit rouge du Cap. Mariette en sa toilette blanche avait, ce jour de fête, tout l'éclat de sa beauté, la royale beauté de son visage brun et doré, de sa personne à la taille haute, droite et souple. Quelque fois, quand Philippe lui disait des choses un peu familières, elle s'inclinait câlinement sur son épaule et fermait à demi les yeux.

Les trois couples parlaient bas, comme s'ils eussent craint d'effaroucher les promesses de cette heure radieuse, la joie qui est aussi sensible qu'un oiseau chantant sur la branche.

— C'est donc vrai qu'on ne saura jamais où est passé ce drôle de Micquemic ? demanda M^me Ravin.

— Ma foi, non, jamais, répondit M. Barrière. Personne ne parle plus de lui. On oublie si vite.

Et M^me Barrière demandait à M. Ravin :

— On a donc plus de nouvelles du *Château Vert* ?

— Si, madame, répondit M. Ravin. Jusqu'à présent les Jalade me donnent satisfaction par leur docilité, leur bon ordre, leur zèle à l'ouvrage. Ils ont raison.

— Mais leur Thérèse ?

— Cette petite écervelée n'a pas cédé, du moins encore. Elle préfère servir loin d'ici, chez des amis de la Croisette, à Cannes. Tant mieux, après tout, puisque là-bas elle apprend à obéir. Mais c'est une enfant. Elle aime son *Château Vert*. Elle finira bien par se soumettre à ma loi, quand elle comprendra la nécessité d'être sage, de conformer à la possibilité de ses ressources ses ambitions et ses goûts. D'ailleurs, ses parents sont, autant qu'elle, des enfants qui ont besoin d'être gouvernés.

La lumière céleste répandait par le souriant espace sa splendeur sur le long bourrelet de sable qui, d'une courbe gracieuse, s'en va là-bas, très loin, toucher le pied rocheux du vert promontoire de Sète ; sur les vignes bourgeonnantes des Ouglous ; sur la grande mer bleue, çà et là, dentelée d'écume ; sur la petite colline de lave où scintillait le pauvre gîte goudronné de la vieille Julia, désormais seule ; enfin, sur le joli étang de Luno, où reposait, depuis tant de jours, parmi les ajoncs et les nénuphars, à côté de sa bouteille de vin, ce malheureux Micquemic.

FIN

ISBN : 978-3-96787-954-4

www.ingramcontent.com/pod-product-compliance
Lightning Source LLC
LaVergne TN
LVHW040104080526
838202LV00045B/3764